Adrian Plass
Der Besuch

Adrian Plass

Der Besuch

Die Geschichte einer unverhofften Wiederkehr

Aus dem Englischen
von Christian Rendel

Bibliografische Information Der Deutschen Bibliothek
Die Deutsche Bibliothek verzeichnet diese Publikation in der
Deutschen Nationalbibliografie, detaillierte bibliografische
Daten sind im Internet über http://dnb.d-nb.de abrufbar.

1. Taschenbuchauflage 2016
ISBN 978-3-86506-905-4
© 2001 by Joh. Brendow & Sohn Verlag GmbH, D-47443 Moers
Originalausgabe: in „The Final Boundary" © by Adrian Plass
Einbandgestaltung: Brendow Verlag, Moers
Titelfoto: Aus dem Film „Der Besuch"
Druck und Bindung: GrafikMediaProduktionsmanagement, Köln
Printed in Poland

www.brendow-verlag.de

– Vorwort –

Die kleine Sammlung von Geschichten, die man als *Der Besuch* kennt, hat einige einzigartige Aspekte.

Einer davon ist, dass der erste Abschnitt, der von der Ankunft des »Gründers« in einer ganz gewöhnlichen Kirche an der High Street erzählt, einer meiner ersten Schreibversuche war. Bridget und ich werden nie vergessen, auf welch dramatische Weise dieser kurze Text entstand.

Wir saßen eines Abends zu Hause, ohne irgendetwas Bestimmtes zu tun, als die ersten Worte der Geschichte einfach meinen Kopf füllten. Mit einem Anflug von Panik bat ich Bridget, schnell Papier und einen Stift zu suchen, ich müsse ihr etwas diktieren. Es war seltsam. Die Geschichte entfaltete sich ohne Pause. Die Worte purzelten aus mir heraus. Ich weinte, während ich diktierte. Bridget weinte, während sie schrieb. Es war, als würden wir von einer Welle purer Leidenschaft dahingetragen und es bliebe uns nichts anderes übrig, als uns von ihr dort an Land spülen zu lassen, wo sie es wollte.

Das war nicht das letzte Mal, dass ich unter starken Emotionen geschrieben habe, und ich habe schon manchmal über Passagen geweint, doch ein solches tumultartiges, aufzehrendes Erlebnis wie an jenem Abend hat sich niemals wiederholt.

Oft fragen mich Leser, ob ich glaube, dass der Heilige Geist mir jemals »sagt«, was ich schreiben soll. Ich weise jeden derartigen Gedanken entschieden zurück. Schreiben ist ein Handwerk. In einem gewissen Sinne ist es nichts anderes, als Kartoffeln zu verkaufen. Man nutzt seine Fähigkeiten und Kenntnisse, um seine Sache so gut wie möglich zu machen. Ich bete darum, dass Gott an meinen schriftstellerischen Projekten beteiligt ist, aber die Arbeit abgenommen hat er mir noch nie. Was allerdings die Niederschrift jenes ersten Abschnitts von *Der Besuch* angeht, muss ich mich eines Urteils enthalten. Er kam von nirgendwo, er durchströmte mich wie eine Flutwelle, und kaum ein Wort ist daran geändert worden, seit Bridget den Stift wieder hinlegte. Wer weiß? Ich nicht.

Was ich weiß, ist nur, dass die Geschichte trotz mancher Mängel in Stil und Konstruktion eine rohe Kraft und Leidenschaft verkörpert, die ich auch nach zwanzig Jahren des Schreibens nicht nach Belieben zu wiederholen gelernt habe.

Der zweite einzigartige Aspekt betrifft die Niederschrift der anderen Teile von *Der Besuch*. Ich erhole mich damals gerade von einer Stresserkrankung. Wahrscheinlich war die Geschichte, die ich erzählte, eine nebelhafte Spiegelung meiner eigenen Erlebnisse der letzten Zeit. Ich glaube – nein, ich bin sicher –, es war mein Bestreben,

Jesus wieder in mein Leben hineinzuschreiben, und das funktionierte auch. Dann stieß ich auf ein Hindernis. Ich hatte den fünften Abschnitt zur Hälfte geschrieben, aber ich schaffte es einfach nicht, ihn zu beenden. In diesem Teil des Buches hat die Hauptfigur sich aus Entsetzen über ihr eigenes Verhalten entschlossen davonzulaufen. Der Mann kann nicht schlafen, und er kauert elend die ganze Nacht neben einem Koffer in der Diele seines Hauses und wartet auf die Morgendämmerung.

Plötzlich, unerwartet, ist der Gründer gekommen. Er steht vor der Haustür und drängt darauf, eingelassen zu werden. Der unglückliche Mann kann diese Begegnung jedoch nicht ertragen; er dreht sich um und sieht eine dunkle Gestalt, die neben der offenen Küchentür auf ihn wartet und ihm anscheinend einen Fluchtweg anbietet. Er muss wählen.

So weit war ich gekommen, und die Atmosphäre in unserem Haus an jenem Abend war düster und schwer, wie die drückende Stille vor einem Sturm. Bridget flehte mich an, die Geschichte zu Ende zu bringen, damit wieder Licht in unserem Leben einkehren könnte. Widerstrebend tat ich es. Die Figur in der Geschichte traf ihre Wahl, und die Dunkelheit verschwand.

Ich kann dieses bizarre Erlebnis nicht erklären. Es ist einfach passiert. Ich nehme an, es musste eine wichtige Entscheidung gefällt werden, und ich war daran beteiligt. Alles andere weiß Gott.

Der dritte einzigartige Aspekt an *Der Besuch* ist, dass die Geschichte so viele Bearbeitungen inspiriert hat. Lesungen, Bühnenaufführungen, Musicals und Filme sind aus der Leidenschaft geboren worden, die ich vor so vielen Jahren empfunden und aufgezeichnet habe.

Zuletzt haben Jonas Stängle und Želijka Morawek mit enormer Hingabe einen Film produziert, der die ursprüngliche Seele und Emotion von *Der Besuch* wunderbar einfängt. Gefördert und auf DVD vertrieben von Brendow, meinem Verlag in Deutschland, ist es eine sehr gelungene Arbeit geworden, die ich Ihnen von ganzem Herzen empfehle.

Und wenn Sie nun im Begriff sind, dieses Büchlein zu lesen, das mir immer so wichtig gewesen ist, ist es mein inständiges Gebet, dass meine ursprüngliche Leidenschaft, Jesus in der wirklichen Welt zu begegnen, sich auf Sie überträgt. Diese Leidenschaft hat mich nie verlassen, und das wird auch hoffentlich nie geschehen.

Adrian Plass

– 1 –

Unsere Kirchengemeinde war eigentlich immer ganz in Ordnung. Wir machten alles, was Kirchengemeinden machten, so gut, wie es nur gemacht werden konnte, und wir sprachen mit Ehrfurcht und angemessener Dankbarkeit von unserem Gründer. Wir sagten, wie gern wir ihm begegnet wären, als er auf der Erde lebte, und wie sehr wir uns darauf freuten, ihn in ferner Zukunft einmal zu sehen.

Die unerwartete Nachricht, dass er uns jetzt, in der Gegenwart, einen ausgedehnten Besuch abstatten würde, war, gelinde gesagt, sehr beunruhigend. All unsere selbstbewussten Sprüche über »den Glauben« blieben uns im Halse stecken. Leute, die immer recht fröhlich gewirkt hatten, blickten jetzt ziemlich besorgt drein. Diejenigen, die früher betrübt gewesen waren, schienen sichtlich aufzuheitern.

Ein Mann, der immer gesagt hatte, »Der Gedanke der Versöhnung« sei »typisch jüdisch«, wurde extrem nachdenklich. Ein anderer, der einen Aufsatz mit dem Titel »Die wahre Bedeutung des Auferstehungsmythos« veröffentlicht hatte, schloss sich dem Mittwochs-Gebetskreis an und entwickelte eine viel offenere Haltung. Die Verzweifelten zählten einfach nur die Tage.

Jeder von uns, glaube ich, reagierte auf die Nachricht auf seine eigene Weise, doch was wir wohl alle gemeinsam hatten, war der Eindruck, dass unser Spiel (wenn es auch für manche ein sehr aufrichtiges und bedeutsames Spiel gewesen war) vorbei war. Wenn er kam, gab es kein So-tun-als-ob mehr. Er würde uns durchschauen.

Was mich betrifft, so freute ich mich auf sein Kommen, vorausgesetzt, es »klappte« alles – wenn Sie verstehen, was ich meine. Ich war ein Organisator, ein Macher. Mein Job war es, das Gemeindeleben in Ordnung zu halten, dafür zu sorgen, dass die richtigen Leute an die richtigen Stellen gerieten und die richtigen Dinge taten, und es machte mir Spaß, diesen Job gut zu machen. Sicher, ich war keiner von den supergeistlichen Typen, aber ich lächelte und sang sonntags wie alle anderen, und die meisten Leute schienen mich zu mögen und zu respektieren. Gott? Nun ja, ich nehme an, meine Beziehung zu Gott war ein bisschen so wie eine Ehe ohne Sex – wenn ich ehrlich bin. Ich kam ihm niemals sehr nahe. Dennoch – ich gab mir redliche Mühe und war der Meinung, ich müsse mir zumindest ein kleines möbliertes Zimmer im Himmel verdient haben, wenn auch vielleicht keine Villa.

Mein Job war es also, den Besuch unseres Gründers zu organisieren, dafür zu sorgen, dass alles glatt ging und ganz allgemein die Oberaufsicht über das ganze Ereignis zu führen. Binnen kurzem hatte ich ein Programm für den Tag seiner Ankunft auf die Beine gestellt und sogar schon geregelt, bei wem er untergebracht werden würde. Darüber gab es ein paar kleine Rangeleien. Jemand sagte, es sollte jemand sein, der zu Hause genauso sei wie in der Kirche, worauf ein anderer erwiderte, in dem Falle müsse er in ein Hotel gehen, doch am Ende entschied ich einfach, wer es sein würde, und damit hatte es sich.

Mein Hauptproblem war, dass ich ihn nicht im Voraus kontaktieren konnte, um die Vorbereitungen abzusprechen. Im Grunde wusste ich nur, dass er am Sonntag zum Abendgottesdienst eintreffen würde, aber ich machte mir keine Sorgen. Nach meiner Erfahrung war es Besuchern sehr lieb, sich einfach in einen klaren Ablauf einzufügen, und ich ging davon aus, dass gerade er keinen Wert darauf legen würde, das sorgfältig ausbalancierte Boot eines anderen ins Schaukeln zu bringen. Ist es nicht komisch, wenn man zurückblickt und sich daran erinnert, derartig lächerliche Gedanken gedacht zu haben? Aus meiner damaligen Sicht erschien es ganz vernünftig, und es lag mir so in Fleisch und Blut, lose Enden zu verknüpfen (selbst wenn es manchmal nichts zu verknüpfen gab), dass mir nie der Gedanke kam, dass jemand, in dem sich das Wesen und der Geist der Schöpferkraft verkörperte, vielleicht seine eigenen losen Enden mit sich bringen könnte.

Als der Tag des Besuchs näher rückte, nahm eine Art sanfter Panik von der Gemeinde Besitz. Eine Dame sagte, ein Besuch »im Fleisch« ließe ihrer Meinung nach

Geschmack vermissen und drohe die Reinheit ihrer Gottesschau zu korrumpieren; ein anderer meinte, das ginge ihm »zu weit«. Ein Mann, der bisher als höchst heiligmäßiger Charakter gegolten hatte, gestand eine Reihe recht erschreckender Sünden, wodurch er in den Augen der Gemeinde erheblich an Bewunderungswürdigkeit verlor, dafür aber viel interessanter und nahbarer wurde. Eine nette alte Dame trat mir eines Abends im Gemeindesaal in den Weg und stellte mir ängstlich die Frage, die vermutlich die meisten von uns umtrieb: »Stimmt es, dass er ... alles weiß, was wir denken?«

Auf Fragen wie diese wusste ich keine Antwort. Ich wollte nur, dass alles wie am Schnürchen lief und freute mich wie immer auf die Zeit, wenn alles vorüber war und wir zurückblicken und sagen konnten: »Es hat wirklich alles hervorragend geklappt« und »War das nicht der Mühe wert?« Ich fürchte, es sollte noch eine Weile dauern, bis ich lernte, Erfahrungen nicht sicher in der Vergangenheit zu verstauen, bevor sie eine Chance gehabt hatten, mich zu verändern.

Wie auch immer – endlich kam der Sonntag, und pünktlich traf er ein.

Nun, ich weiß, dass es furchtbar klingt, so etwas zu sagen, aber zuerst sah es so aus, als würde es eine schreckliche Enttäuschung werden – ein Reinfall. Er war nicht ganz das, was wir erwartet hatten. Irgendwie zu ... real. Auch seine Ankunft war merkwürdig. Nach meiner Planung sollte sie ein großes Ereignis werden – vielleicht lag ich falsch, aber ich hoffte auf so eine Art großen Auftritt.

Alles war fertig, jeder war an seinem Platz, als wir plötzlich merkten, dass der Mann, auf den wir warteten, schon da war und still in der letzten Reihe saß. Um ehrlich zu sein, ich hätte ihn gar nicht erkannt, aber glücklicherweise erkannte ihn jemand anderes und bat ihn, nach vorn zu kommen.

Nun, ich dachte gerade: »Großartig, dann können wir ja jetzt anfangen«, aber ich hatte noch nicht einmal zu ihm gesprochen, als er sich schon zur Gemeinde umdrehte und sagte (das werden Sie jetzt nicht glauben): »Hätte vielleicht jemand ein Sandwich für mich?« Nun, einige Leute lachten, aber eine alte Dame ging geradewegs nach hinten in die Küche und machte ihm ein Sandwich und eine Tasse Tee, und als sie ihm die Sachen brachte, setzte er sich einfach auf die Altarstufen und verzehrte sie ohne das geringste Zeichen der Verlegenheit.

Das warf mich völlig aus der Bahn. Ich hatte eine Kopie des Programms in meiner Hand, aber als ich mich weit genug zusammengerissen hatte, um auf ihn zuzutreten, stand er auf, drehte sich um und sah mich an, und ich konnte es ihm einfach nicht geben. Ich kann den Blick nicht beschreiben, mit dem er mich ansah. Beinahe hätte ich losgeheult und auf ihn eingeschlagen. Das klingt lächerlich, nicht wahr, aber unter seinem Blick kam ich mir vor wie ein Idiot, und ich gebe zu, dass ich mich auch auf eine seltsame Weise schämte. Aber warum nur?

Jedenfalls wandte er sich wieder der Gemeinde zu und sah sie an, als hielte er in einer Menschenmenge nach einem Freund Ausschau. Er schien nach einem bekannten Gesicht zu suchen. Dann winkte ihm jemand zu, und an dieser Stelle wurde die Sache schlicht und einfach albern. Er rannte den Gang hinab und legte seine Arme um diese Frau in der vierten Reihe, und sie fing an zu weinen, und er sagte etwas zu ihr, das niemand von uns verstehen konnte, und dann standen noch ein paar andere Leute auf und gingen zu ihm hinüber, bis sich eine richtige kleine Menschenmenge gebildet hatte, mit ihm in der Mitte.

Es war bizarr. Wissen Sie, da saßen Leute immer noch auf ihren Plätzen und schauten nach vorn, offensichtlich verlegen und unsicher, was sie tun sollten, während drüben an der Seite diese kleine Menschentraube lachte und weinte und einen Riesenlärm veranstaltete. Dann ... hörte der ganze Lärm auf. Ganz plötzlich, als er seine Hand hob, herrschte absolute Stille.

Drüben auf der anderen Seite der Kirche saß ein junger Bursche wie gelähmt da, den Blick starr nach vorn gerichtet. Sein Gesicht war weiß, seine Hände krampften sich auf den Knien zusammen, und er schien sich durch schiere Willensanstrengung zusammenzuhalten. Dann kamen diese wenigen Worte, die ihn irgendwie aus seiner Starre zu erlösen schienen.

»Mach dir keine Sorgen.« Das war alles. Einfach »Mach dir keine Sorgen«, und schon schoss dieser junge Bursche quer durch die Kirche und kam auf den Knien schlitternd zum Halten. Und dann fing alles wieder an – der Lärm meine ich –, und dann gingen sie alle hinaus. Sie gingen einfach ... hinaus.

Ich folgte ihnen zur Tür und schaffte es tatsächlich, seinen Jackenärmel zu erwischen.

»Entschuldigung«, sagte ich, »ich dachte, wir würden alle zum Gottesdienst zusammenbleiben.«

»Natürlich«, sagte er und lächelte, »bitte komm mit uns.«

Ich wusste einfach nicht, was ich tun sollte.

»Aber wir halten den Gottesdienst normalerweise in der Kirche ab.«

»Möchtest du nicht lieber mit mir kommen?«

Nun, das hätte ich tatsächlich lieber getan, aber ich wusste nicht, wohin er ging. Ich hatte gedacht, er würde sich bei uns einfügen, und jetzt schien er so ... planlos.

»Wohin gehst du?«, fragte ich.

Er blickte die Straße hinauf und hinab (und jetzt kommt noch etwas, das Sie nicht glauben werden), deutete über die Straße und fragte: »Wie ist es in dieser Kneipe da drüben?«

»Da geht es ehrlich gesagt ein bisschen rau zu«, sagte ich, und ich wusste sowieso, dass zwei oder drei von den Leuten, die bei ihm waren, aus Prinzip keinen Fuß in eine Kneipe setzen würden. Zumindest dachte ich, dass ich das wüsste, denn sie folgten ihm alle hinein; junge Burschen, alte Jungfern, alte Männer – der ganze Haufen. Ich war sprachlos.

Eine halbe Stunde lang stand ich neben dem Kirchenportal, und ungefähr um halb acht kam er wieder heraus, und ich schwöre Ihnen, es folgten ihm mehr Leute heraus als hinein. Alle schwärmten sie zurück über die Straße zur Kirche, und er sagte zu mir: »Dürfen wir jetzt wieder hinein?«

Und so kamen sie alle wieder hinein und setzten sich. Was heißt, sie setzten sich – sie hockten sich auf die Rückenlehnen, ließen sich im Schneidersitz auf dem Boden nieder, lümmelten sich auf die Heizkörper, wie es ihnen gerade passte, und er fing an, zu ihnen zu sprechen. (Alle, die in der Kirche geblieben waren, waren inzwischen gegangen, einschließlich der Dame, bei der er untergebracht werden sollte.)

Und jetzt kommt das, was ich nicht verstehe. Er hatte mir meinen Gottesdienst verdorben, alles war schief gegangen, und ich kam mir wie ein Idiot vor, doch ich wollte nichts mehr, als mich auf den Boden zu setzen und ihm zuzuhören – und ich hatte das Gefühl, dass er genau das von mir wollte.

Aber ich tat es nicht.

Ich ging nach Hause.

Wissen Sie, ich hatte nicht mehr geweint, jedenfalls nicht richtig, seit ich ein kleiner Junge gewesen war, aber an jenem Abend saß ich zu Hause und heulte mir die Augen aus dem Kopf. Dann, ganz plötzlich, wusste ich, was ich zu tun hatte. Ich stürmte aus dem Haus und rannte zurück zur Kirche. Alles war so still, als ich dort ankam, dass ich dachte, es müssten alle weg sein, doch als ich eintrat, saß er allein dort. Ein warmes Lächeln lag auf seinem Gesicht.

»Du hast dir Zeit gelassen«, sagte er. »Ich habe auf dich gewartet. Ich übernachte heute bei dir.«

- 2 -

An dem Tag, als unser Gründer jenen großen Aufruhr verursachte, indem er persönlich in die Kirche zurückkehrte, hätte ich beinahe meine Chance versäumt, mit ihm zusammen zu sein, größtenteils deshalb, weil ich seine Weigerung, sich in meine Pläne einzufügen, nicht akzeptieren konnte. Das regelte sich, und er kam sogar für einige Zeit in mein Haus, um bei mir zu wohnen, bis wir etwas Passenderes gefunden hatten.

Man sollte meinen, ich hätte meine Lektion gelernt, nicht wahr?

Hatte ich nicht.

Ich wohnte und arbeitete mit ihm zusammen, sah ihn ein paar erstaunliche Dinge tun, fing sogar an, ihn zu lieben, doch ich wurde immer gereizter über seine Art, sich von nebensächlichen Dingen ablenken zu lassen – oder Dingen, die ich als nebensächlich betrachtete. Ich hatte immer noch nicht gelernt, dass alles, was er tat, seinen Grund hatte.

Immer.

Infolge des Zorns, der sich in mir aufstaute, verlor ich

ihn erneut, und diesmal wäre es beinahe endgültig gewesen.

Es geschah ein paar Monate nach seiner Ankunft, aber noch bevor er sehr bekannt wurde, und der Ort des Geschehens war London. Er war noch nie dort gewesen, doch nun war er gebeten worden, zu einer Gruppe in der Stadt zu sprechen; also fuhr er hin, und ich begleitete ihn. Praktische Dinge wie Geld und Fahrkarten und Uhrzeiten waren nicht immer seine Sache. Meine Aufgabe bestand einfach darin, dafür zu sorgen, dass er dahin kam, wohin er sollte.

Wir mussten am Ende unserer Reise mit der U-Bahn vom Kings Cross zum Victoria-Bahnhof fahren, und das war schon keine einfache Sache. Ich war müde, der Zug gerammelt voll, und als wir endlich ankamen, blieb er dauernd auf dem Bahnsteig stehen und starrte die Leute an, die sich um ihn herum- und an ihm vorbeidrängten. Ich schaffte es jedesmal, ihn irgendwie zum Weitergehen anzustoßen, doch als wir uns dem Fuß der Rolltreppe näherten, hielt er wieder an und stand wie ein Fels in der Brandung und war keinen Millimeter mehr vom Fleck zu bekommen.

Wir waren ohnehin schon spät dran, und ich spürte, wie meine Geduld nachließ, als der Knoten des Zorns, der inzwischen ständig in meinem Magen lag, sich noch etwas enger zusammenzog. Dennoch hatte ich ihn inzwischen gut genug kennen gelernt, um zu wissen, dass er sich nicht davon abbringen ließ, wenn er sich einmal etwas in den Kopf gesetzt hatte; nicht, solange er nicht etwas unternommen hatte – das Richtige nämlich. Man merkte es immer sofort, wenn er zu dem Schluss kam, »das Richtige« getan zu haben. Sein Gesicht entspannte sich und er lächelte wie ein glückliches Kind.

Als ich ihn fragte, was los sei, deutete er zu der gekachelten Seitenwand hinüber, wo ein alter einarmiger Mann unglaublich schlecht und, nach der erbärmlichen Handvoll Kupfermünzen in dem Hut zu seinen Füßen zu urteilen, ohne großen Erfolg Mundharmonika spielte.

Er sah den alten Mann einen Augenblick lang an und wandte sich dann mit einem ziemlich verzweifelten Ausdruck im Gesicht zu mir und fragte: »Was sollen wir tun?«

»Wirf etwas Geld in seinen Hut«, sagte ich, »wenn du willst. Aber was du auch tust, bitte beeil dich, wir müssen weiter!«

Er klopfte sich auf die Taschen seines Jacketts. Es war ein sehr schickes Jackett. Ich hatte es geschafft, ihn zu überreden, wenigstens ein wirklich schickes Kleidungsstück zu kaufen, das er bei Gelegenheiten wie der heutigen tragen könnte.

»Ich habe kein Geld«, sagte er. »Hast du welches?«

Wir zwängten uns durch die Menge hinüber zu dem Mann und warfen etwas in seinen Hut. Als er die Banknote zwischen seiner kleinen Sammlung von Kupfermünzen sah, verschluckte der Alte beinahe seine Mundharmonika. Dann ließen wir uns von der Menge weiterschieben und waren bald sicher auf der Rolltreppe eingekeilt.

Inmitten des Lärms der Maschinen, der Stimmen und

des verklingenden Jaulens der Mundharmonika drehte ich mich um und sah in sein Gesicht – um mich zu vergewissern, nehme ich an. Mein Herz sank hinab. Kein entspanntes Lächeln. Sein Blick war voller Sorge und Verzweiflung, und ich glaube, ich wusste, was er tun würde, noch bevor er es tat.

Plötzlich war er weg und bahnte sich seinen Weg zurück, die Rolltreppe hinab, bis ich ihn aus den Augen verlor. Als er ging, schnappte ich nur noch die Worte auf: »Warte oben auf mich.«

Als ich oben war, schäumte ich vor Wut. Die Zeit wurde jetzt wirklich knapp, und wir waren unterwegs zu einer wichtigen Versammlung, und er vermasselte alles!

Ich lehnte mich an einen Fahrkartenautomaten und wartete.

Nach einer Ewigkeit, wie mir schien, tauchte sein Gesicht allmählich über dem Rand der Rolltreppe auf, strahlend vor Zufriedenheit – das war ja auch in Ordnung –, doch als der Rest seiner Gestalt in Sicht kam, packte mich die kalte Wut. Er trug eine scheußlich gemusterte Jacke, die lächerlich klein für ihn war und bei der, noch absurder, ein Ärmel an der Schulter abgeschnitten und zugenäht worden war.

Ich glaube, ich redete nicht einmal mit ihm, so wütend war ich.

Ich stampfte einfach davon und nahm an, er würde es nicht wagen, noch etwas zu tun, das uns aufhalten würde. Als wir den Saal erreichten, wo er sprechen sollte, fürchte ich, war ich in keinem sehr guten Zustand. Bedenken

Sie, ich verstand ihn damals noch nicht so gut, wie ich es später tat, und ich nahm es schrecklich wichtig, was die Leute von ihm dachten – von uns – na schön, von mir.

Mir graust, wenn ich daran denke, wie ich mich in diesem Augenblick fühlte und was ich tat. Als wir uns anschickten, die Stufen zu der großen Doppeltür emporzusteigen, schaute ich diese absurde Gestalt an, die so viel für sich in Anspruch nahm und sich dennoch manchmal verhielt wie ein schwächlicher Dummkopf, und um es geradeheraus zu sagen – ich schämte mich seiner. Ich blieb absichtlich am Fuß der Treppe zurück und sah zu, wie eine kleine Traube angespannt aussehender Männer ihn hereinzog. Selbst von meinem Standort aus konnte ich sehen, wie sie ihn in seiner lächerlichen Varieté-Jacke schief anstarrten.

Der nächste Moment brannte sich mir tief ins Gedächtnis ein. Er wandte sich um und sah mich an, nicht voller Zorn oder Verärgerung, sondern voller Verwirrung und Not. Er brauchte seinen Freund an seiner Seite in jener fremden Umgebung. Doch ich hatte mich schon in die Dunkelheit zurückgezogen, außer Sicht, und ich war nicht da.

Das war der Augenblick, in dem ich ihn verlor – nicht auf der Rolltreppe. Ich wartete an jenem Abend nicht, bis er wieder herauskam, und bis heute weiß ich nicht, wie sein Vortrag war oder wie er ohne Fahrkarte nach Hause kam oder sonst irgendetwas.

Ich versuchte nicht, wieder Kontakt zu ihm aufzunehmen. Ich ging nicht mehr in die Kirche und mied Orte, an denen wir uns begegnen könnten. Die nächsten paar Monate versuchte ich mich selbst davon zu überzeugen, dass ich ohne ihn besser dran sei, doch insgeheim wusste ich, nehme ich an, dass ich das Wichtigste verloren hatte, das ich je gehabt hatte. Es war das zweite Mal gewesen, dass ich ihm den Rücken gekehrt hatte, seit wir uns begegnet waren, und ich nahm an, dass er keinen besonderen Wert darauf legen würde, mich wiederzusehen, nachdem ich ihn im Stich gelassen hatte, als er mich am meisten brauchte.

Als ich ihn schließlich dennoch wiedertraf, war er mittlerweile im ganzen Land bekannt geworden. Er hatte sich eine Menge Freunde und auch ein paar ziemlich bedeutende Feinde gemacht. Wegen der Heilungen und den großen Versammlungen wurde ständig in den Zeitungen und im Fernsehen über ihn berichtet, und jedes Mal, wenn ich sein Gesicht sah, wallte in mir eine gewaltige Traurigkeit auf, und ich musste mich mit etwas anderem beschäftigen – schnell. Ich hatte mich wegen einer blödsinnigen Jacke und wegen meines eigenen törichten Stolzes selbst abgeschnitten. Immer wieder verfluchte ich mich.

Eines Sommermorgens, als meine Arbeit mich wieder einmal nach London geführt hatte, machte ich einen Spaziergang durch den Park in der Nähe meines Hotels, und da saß er ganz allein auf einer Bank am Wegesrand. Er blickte auf einen ungeöffneten Brief, den er auf Armeslänge vor sich hielt, als könne er jeden Augenblick explodieren. Mein ganzes Wesen, bis auf den kleinen Teil, der wirklich zählt, beschloss umzukehren, bevor er mich sah. Ich tat es nicht. Ich ging vorwärts und setzte mich leise, aber steif neben ihn, den ganzen Körper gespannt in der Erwartung, abgewiesen zu werden. Der Ausdruck auf seinem Gesicht, als er sich mir zuwandte, war kein Ausdruck der Überraschung. Er war eine Mischung aus tiefer Freude und Erleichterung, ohne eine Spur von Groll. Ich war den Tränen zu nahe, um zu sprechen, doch er reichte mir den Brief und sagte: »Ich fürchte, das könnte eine schlechte Nachricht sein. Würdest du ihn bitte aufmachen und mir sagen, was darin steht?« Er drehte den Kopf und blickte, ohne zu sehen, über den Park hinweg, während ich den Brief mit ziemlich zittrigen Händen öffnete und ihn laut vorlas.

Es war eine schlechte Nachricht. Einer seiner engsten Freunde, jemand, der ihn von Anfang an willkommen geheißen und seine Vision geteilt hatte, war nach einem schweren Herzanfall ganz plötzlich gestorben.

Als ich fertig gelesen hatte, passierte etwas Merkwürdiges. Er schloss die Augen, und von irgendwo tief in seinem Innern stieg ein Seufzer auf. Gleichzeitig ging eine Brise über das Gras und raschelte in den Blättern der Bäume, die entlang des Weges standen. Es war, als seufzte die natürliche Welt sanft vor Mitgefühl für ihn.

Dann war der Moment vorbei.

Er wandte sich wieder zu mir und sagte: »Ich bin froh, dass ich Zeit für ein bisschen Schmerz hatte, und ich bin froh, dass du hier bei mir warst. Und jetzt ...«

»Jetzt?« fragte ich. »Was willst du, dass ich tue ... jetzt?«

»Tun? Ich will, dass du tust, was du immer getan hast. Ich komme dauernd mit Leuten zusammen – jeden Tag. Ich möchte, dass du mich organisierst, mich antreibst, mir hilfst, ihnen zu helfen. Du kannst sogar ... meine Jacken für mich aussuchen, wenn du willst.«

Ich musste ihm die Frage stellen. »Sieh mal! Könntest du mir sagen ... warum es damals in der U-Bahn so wichtig für dich war, zurückzugehen und die Jacken zu tauschen? Es schien so eine sinnlose Geste zu sein. Ich meine ... was nützt eine Jacke mit zwei Ärmeln einem einarmigen Mann?«

Er sah mich einen Augenblick lang fest an und lächelte dann scheu. »Gar nichts«, sagte er. »Eigentlich bin ich auch gar nicht zurückgegangen, um die Jacken zu tauschen, aber am Ende hatte ich den Eindruck, dass ich es tun musste.«

»Musste?«

Sein Lächeln wurde breiter. »Man kann schließlich einen Mann nicht mit einem neuen Arm stehen lassen, ohne dass er einen Ärmel dafür hat, oder?«

Er nahm mir den Brief und den Umschlag aus der Hand, stand auf und ließ beides bedächtig in den Papierkorb fallen.

»Kommst du mit?«, fragte er und setzte sich zielstrebig quer durch den sonnenbeschienenen Park in Bewegung.

Ohne ein Wort stand ich auf und folgte ihm der Stadt entgegen.

– 3 –

Ich wollte ein Wunder sehen.

Nur ein einziges.

Ein einziges solides, absolut unbestreitbares, vergoldetes Wunder, das vor meinen eigenen Augen geschah.

Ein kleines würde reichen – damit würde ich zufrieden sein. Ein gewöhnliches kleines Wunder.

Die Sache hatte hauptsächlich zwei Haken.

Erstens wollte ich nicht zu den Leuten gehören, die es nötig hatten, Wunder zu sehen. Ich wollte jenen tiefen, beeindruckenden Glauben haben, der zum Beispiel wundersame Heilungen stillschweigend als schlichte Bestätigung dessen hinnahm, was ich ohnehin schon glaubte.

Zweitens verpasste ich dauernd welche. In den Wochen, nachdem unser Gründer seinen Besuch in der Kirche angetreten hatte, war bald deutlich geworden, dass er beabsichtigte, hier und heute die gleichen Dinge zu vollbringen, die er in der fernen Vergangenheit vollbracht hatte, und dazu gehörten auch wundersame Heilungen. Wie üblich lagen die Reaktionen der Leute zwischen Faszination und Feindseligkeit, stark gewürzt mit Furcht. Wie er selbst es ausdrückte, was eine Menge Leute eigentlich von ihm wollten, war eine Stunde »Wort zum Sonntag«, zwei Refrains von »My Way« und ein hübscher, sauberer Abgang durchs Oberlicht.

Doch der Besuch dauerte an, und ebenso die Heilungen.

Es gab keine Regeln bezüglich Zeit und Ort, soweit ich feststellen konnte. Es konnte ein Kind in einem Supermarkt oder eine gehbehinderte Person zu Hause oder ein alter Mann in einer Kneipe sein. Das Einzige, was all diese Vorfälle (aus meiner Sicht) gemeinsam hatten, war, dass ich nie ganz dabei war, um sie zu sehen.

Nach unserem Missverständnis bei seiner Ankunft hatte ich zu lernen angefangen, dass Formeln und Listen und Strukturen nicht so wichtig waren, wie ich immer gedacht hatte. Dennoch sagte er, ich solle mein Talent als Organisator weiterhin gebrauchen, damit er die Freiheit hätte, sich mit den Menschen zu beschäftigen. Das tat ich denn auch, und infolgedessen war ich meistens beschäftigt, insbesondere zumal ich damals noch voll berufstätig war. Mir schien, dass ich jedes Mal gerade die Kirche verlassen hatte, gerade um eine Straßenecke gebogen war oder gerade für einen Moment aus der Kneipe gegangen war, wenn an dem Ort, an dem ich mich eben noch befunden hatte, ein Wunder geschah. Später stürmte dann jemand aufgeregt auf mich zu und sagte: »Du wirst nicht glauben, was passiert ist, nachdem du heute Morgen gegangen bist. Es war völlig unfassbar ...« und so weiter.

Es fiel mir immer schwerer, auf derartige Neuigkeiten mit der rechten Begeisterung zu reagieren. Es kostet ungemein Mühe, die Augenwinkel zu einem christlichen Lächeln zu falten und »Mensch, wie wunderbar!« zu sagen, wenn man in Wirklichkeit eine Grimasse schneiden und sagen möchte: »Ach ja, und du hast es gesehen, nicht wahr, und ich wieder einmal nicht, nicht wahr?«

Verstehen Sie mich recht, es war nicht etwa so, dass ich nicht an sie glaubte. Es ist schwer zu erklären, was ich meine. Ich kannte einige von den Leuten, die gesund gemacht wurden. Ich kannte sie, bevor sie geheilt wurden, und ich kannte sie hinterher. Es war eindeutig etwas Erstaunliches passiert, und ich staunte pflichtschuldig darüber und war jederzeit bereit, die Authentizität ihrer Erfahrungen gegen jedermann zu verteidigen. Aber ein Teil von mir, vielleicht das kleine Kind in mir, das Angst davor hatte, von den Erwachsenen hereingelegt zu werden, wollte es wenigstens einmal tatsächlich sehen.

Nun sagen Sie mir vielleicht: »Warum haben Sie ihm nicht einfach gesagt, was Sie empfinden? Sie hätten ihn doch bitten können, Ihnen das nächste Mal, wenn etwas passieren würde, einen Tipp zu geben.« Und ich stimme zu, dass sich das sehr vernünftig anhört. Tatsache war jedoch, dass sein Verhalten nicht leichter vorauszusehen oder festzunageln war wie bei seinem ersten Besuch vor vielen, vielen Jahren. Ich konnte nie ganz sicher sagen, wie er auf Fragen oder Bemerkungen oder Leute oder Ereignisse reagieren würde. Dachte ich gerade, ich hätte jetzt durchschaut, was er in einer bestimmten Situation tun würde, tat er prompt etwas völlig anderes und wies mich sogar zurecht, wenn ich etwas sagte, von dem ich mir selbstgefällig einbildete, es wäre genau die ermutigende Bemerkung, die er jetzt brauchte.

Ich erinnere mich, wie er einmal mit jemandem in dem kleinen Hinterzimmer zusammensaß, das wir für Gespräche und Seelsorge benutzten. Ich weiß nicht mehr, wer es war, aber er oder sie hatte gerade eine furchtbare Erfahrung hinter sich und bat darum, mit ihm allein sprechen zu dürfen. Ich saß derweil im großen Saal der Kirche, drehte Däumchen und wartete auf ihn, als durch den Haupteingang eine kleine Schar von Kindern hereingepoltert kam, die »den netten Mann« sehen wollten. Nun, er war immer gern mit Kindern zusammen, und ich glaubte, ihn gut genug zu kennen, um zu erraten, was das Richtige war; also sagte ich ihnen in bester Absicht, sie sollten nach hinten gehen und ihn suchen.

In bester Absicht! Jetzt werde ich Ihnen sagen, was ich in Wirklichkeit dachte. Zwei Dinge gingen mir durch den Kopf, und zwar in folgender Reihenfolge.

Zuerst sagte mir mein gesunder Menschenverstand, dass die Kinder warten sollten, bis er sein wahrscheinlich heikles und sehr persönliches Gespräch beendet hatte. Diesem völlig vernünftigen Gedanken folgte auf dem Fuße die Erinnerung an eine andere Gelegenheit, als Kinder ihn sehen wollten und seine Freunde sie daran gehindert hatten. Ich nahm mir eine Bibel von dem Stapel neben mir und blätterte darin, um die Stelle nachzuschlagen. Ja, da stand es schwarz auf weiß. Matthäus,

Kapitel neunzehn, Vers vierzehn: »Lasset die Kinder und wehret ihnen nicht, zu mir zu kommen.« Eine andere Situation, aber dasselbe Prinzip, oder nicht? Ich würde nicht denselben Fehler machen, den diese Burschen damals machten. Vielleicht konnte ich mir sogar ein Wort des Lobes für meine Besonnenheit verdienen.

Wieder falsch. Er war nicht zufrieden. Die Kinder kamen fast sofort wieder zurück. Ihre Fröhlichkeit schien ungetrübt, doch als er schließlich zu mir zurückkehrte, machte er mir unmissverständlich klar, dass mein erster Impuls seiner Ansicht nach richtig gewesen wäre.

Meine Wangen brennen jetzt noch, wenn ich daran denke, wie ich in jenem Moment, abwehrend und verwirrt, die Bibel immer noch aufgeschlagen auf meinen Knien liegend, nahe daran war, aus der Schrift zu zitieren, um ihn auf den geraden, schmalen Weg zurückzuführen. Er wusste, was ich dachte. Er wusste es immer. Er deutete auf die Bibel. »Dieses Buch«, sagte er, »ist wie der Sabbat. Es ist für euch gemacht, nicht umgekehrt.«

Diesen Punkt betonte er immer wieder auf vielerlei Weise gegenüber verschiedenen Leuten. Nie hörte er auf, erstaunt und bestürzt darüber zu sein, wie den Leuten offenbar Regeln und Gesetze und festgelegte Verfahrensweisen lieber waren als das, was er einmal die »organisierte Verrücktheit der Liebe« nannte. Das Problem für mich bestand darin, dass diese organisierte Verrücktheit darin bestehen konnte, das Vernünftige zu tun, und ebenso gut darin, auf dem Wasser zu gehen. Ich entschied mich dauernd für das Falsche, und deshalb war ich nicht allzu begierig darauf, das Thema Wunder zur Sprache zu bringen. Ich hatte das unbehagliche Gefühl, dass er meine Frage glatt durchschauen und mit einer Gegenfrage beantworten würde. Etwa »Wer glaubst du, dass ich bin?« Die absolut ehrliche Antwort auf diese Frage hätte lauten müssen: »Das sage ich dir, wenn ich ein Wunder gesehen habe.« Mit anderen Worten, ich hatte den Verdacht, dass die Wurzel meines Problems schlicht und einfach der wohl bekannte alte Zweifel sein könnte.

Die ganze Sache spitzte sich zu, als meine alte Mutter aus dem Krankenhaus nach Hause geschickt wurde, nachdem eine diagnostische Operation ergeben hatte, dass sie an inoperablem Krebs litt. Man gab ihr noch einen Monat zu leben, und ich war der Einzige, mit dem sie diesen Monat verbringen konnte; also brachte ich sie in einem Zimmer im Parterre unter und nahm mir Urlaub, um bei ihr sein zu können.

Meine Beziehung zu meiner Mutter war immer ein schmerzliches und schuldbeladenes Feld für mich gewesen. Soweit ich es ermessen konnte, hatte sie offenbar schon als Kind eine Aura des Enttäuschtseins und des Pessimismus übergestreift wie einen Mantel, und sie schien entschlossen zu sein, diesen Mantel bis zu ihrem Tod zu tragen. Ihre einzige liebevolle Erinnerung oder die einzige, die sie mir gegenüber je erwähnte, war die an ihren Vater, der gestorben war, als sie sieben gewesen war. In einem seltenen Augenblick der Vertrautheit erzählte sie mir, dass nur die Erinnerung an seine vor Liebe strahlenden Augen sie durch die Jahre nach seinem Tod getragen hätten. Von ihrer Mutter wurde sie abgelehnt, und sie ging früh eine katastrophale Ehe mit meinem Vater ein, der uns beide bis zu seinem Tod vor einigen Jahren tyrannisierte und vernachlässigte. Schon früh in ihrem Leben schien sie zu dem Schluss gekommen zu sein, es sei gefährlich, sich verletzlich zu zeigen, und deshalb beschlossen zu haben, nie wieder verletzlich zu sein. Infolgedessen wuchs ich inmitten von negativen Einstellungen auf und glaubte, wie es Kinder leicht tun, dass ich an der Aufgabe gescheitert war, meiner Mutter die Liebe zu geben, die sie niemals von irgendjemandem sonst bekommen hatte.

Ich weiß noch, wie ich eines Tages nach der Schule in die Küche kam und meine Mutter beim Kartoffelschälen vor dem Spülbecken antraf. Etwas an der störrischen Säuerlichkeit, mit der sie diese alltägliche Tätigkeit verrichtete, versetzte mir in jenem Moment einen tiefen Stich, und dieses eine Mal sprudelten meine Gefühle in Worten heraus. Tränen des Zorns und des Selbstmitleids verschleierten das Bild ihrer resignierten Gestalt vor meinen Augen, während ich durch zusammengebissene Zähne rief: »Es tut mir Leid ... es tut mir Leid, Mama. Es ist nicht meine Schuld ... nicht meine ... nicht meine Schuld. Ich sitze im selben Boot ...«

Es war die einzige Berührung von ihr, an die ich mich erinnern kann. Mein Blick war immer noch verschleiert, aber ich spürte den Druck ihrer Hand auf meiner Schulter, und so merkwürdig es erscheinen mag, dieser Moment wortloser Kommunikation machte mich fähig, vieles von der Entmutigung und dem scheinbaren Mangel an Zuneigung zu vergeben, die ich in den folgenden Jahren erlitt.

Und nun würde sie sterben.

Als ich an ihrem Bett saß und das graue, vor Schmerz gespannte Gesicht voller scharfer Linien der Enttäuschung musterte, fragte ich mich, warum er nicht gekommen war. Ich hatte an Orten angerufen, wo er sein könnte, wo er gerade gewesen war oder wo er erwartet wurde. Überall hatte ich Nachrichten für ihn hinterlassen, die ihn baten, zu mir nach Hause zu kommen, so bald er könne, und er war immer noch nicht gekommen. Was mir weh tat, war, dass er es sowieso wusste. Er musste es wissen. Er wusste alles. Zumindest, falls er wirklich der war, der er zu sein behauptete, wusste er alles.

Ich merkte, dass sie endlich fest eingeschlafen war, und schleppte mich müde in die Küche, um mir noch einen Becher heißen Kaffee zu machen. Mein Kopf tat mir weh vor Erschöpfung und Sorge, als ich Kaffeepulver und Zucker in den Becher füllte und heißes Wasser aus dem Kessel darüber goss. Gerade als ich den ersten Schluck von dem heißen, süßen Gebräu nahm, hörte ich den Klang einer Männerstimme aus dem Zimmer meiner Mutter. In meinem müden Kopf wirbelten hilflos die Gedanken. Die Türen – vorn und hinten – waren verschlossen. Es gab keinen Weg herein. Es war unmöglich, dass jemand hereingekommen sein konnte. Unmöglich … Plötzlich wusste ich es mit gelassener Klarheit.

Er war gekommen.

Langsam schob ich die Zimmertür auf, und da saß er auf ihrem Bett, hielt eine ihrer Hände mit seinen beiden Händen und sprach ganz leise zu ihr. Ich setzte mich, so leise ich konnte, auf die andere Seite des Bettes. Was würde er tun?

Er blickte kurz zu mir auf und lächelte, dann wandte er sich wieder meiner Mutter zu. Sie war wach und sah ihm direkt ins Gesicht, mit größeren Augen, als ich sie bei ihr je gesehen hatte. Fasziniert und zu tief bewegt, um es auszudrücken, sah ich zu, wie ihr Gesicht weicher und sanfter wurde und sich die Falten der Verzweiflung und Enttäuschung in Linien des Lachens und des Glücks verwandelten. Und ihre Augen waren die Augen eines Kindes geworden, eines Kindes, das ohne jeden Zweifel wusste, dass es endlich geliebt und angenommen wurde. Ihre Lippen bewegten sich, und als ich mich vorbeugte, hörte ich sie flüstern: »Vater, Vater.«

Dann wandte sie sich zu mir und sah mich so an, wie ich es mir immer gewünscht hatte. Ich ergriff die Hand, die sie zu mir zu heben versuchte, und sie sagte nur vier Worte: »Ist alles gut, Junge?« Es war gleichzeitig eine Bitte um Verzeihung, eine Frage und eine Zusicherung. Es war alles, was ich brauchte.

Dann sah sie wieder ihn an und sagte: »Ich möchte dich gern wiedersehen.«

»Das wirst du«, sagte er, »bald.« Dann starb sie, in einem Zimmer, das angefüllt war mit Frieden.

Seither habe ich erlebt, wie Menschen auf höchst dramatische Weise geheilt wurden, doch nichts hat mich mehr berührt oder verändert als jene wenigen Minuten am Bett meiner Mutter. Ich habe nie eine solche Liebe gesehen, nie eine solche Heilung erlebt.

Ich hatte ein Wunder gesehen.

– 4 –

Ich schämte mich wegen Weihnachten. Ich wollte nicht, dass er sah, was daraus geworden war. Was würde er tun oder sagen, wenn er herausfand, wie heute sein Geburtstag gefeiert wurde? Das Geld, das Essen, die immer teureren Geschenke, die Trunkenheit, die verbotenen Küsse, die man sich auf Partys im Büro angelte wie schmutzige Bonbons, die einmal jährliche Menschenfreundlichkeit, die oft nur ein Verschieben der Feindseligkeit war; all das hatte kaum etwas zu tun mit der Schlichtheit seines wirklichen Geburtstages und mit dem Mann selbst, der allen Besitz als eine großzügige Leihgabe Gottes betrachtete, die so bald wie möglich an jemanden anderes weiterzugeben war, der sie benötigte. Ich erinnerte mich an den Vorfall im Tempel vor all den Jahren, als er mit deftigen Worten und geknoteten Seilen die Händler vertrieb. Was würde er wohl am Heiligabend auf der Oxford Street tun, wenn eine Maschinenpistole zur Hand war? Vielleicht ein irrationaler Gedanke, doch schon nach den wenigen Monaten, die ich mit ihm verbracht hatte, war mir klar, dass es einfach nicht möglich war, irgendwelche Voraussagen zu machen, was ihn betraf. Wie zartfühlend und ermutigend konnte er mit Leuten umgehen, die ich, offen gesagt, abscheulich oder abstoßend fand, um dann wieder irgendeinen völlig respektablen Würdenträger zur Schnecke zu machen, als spräche er mit dem Teufel persönlich. Schon nach einigen wenigen Vorfällen der letzteren Art hatten die meisten Gemeinden und öffentlichen Institutionen aufgehört, ihn zu Vorträgen einzuladen. Er stiftete einfach zu viel Unruhe, durchschaute zu gründlich die Fassade von Dingen und Menschen, verlangte zu oft, etwas gegen die wirklichen Probleme zu unternehmen, die meist im Verborgenen bleiben. In einer Gemeinde, die dafür bekannt war, wie lebhaft und dynamisch sich in ihr der Glaube äußerte, attackierte er vor der ganzen Versammlung die Gemeindeleiter und fragte sie, ob sie nicht meinten, dass es allmählich an der Zeit sei aufzuwachen. In einer anderen Gemeinde stieg er auf die Kanzel, um zu sprechen, doch dann brach er zusammen, als er die Leute auf den Kirchenbänken ansah. Seine Predigt war nichts als Tränen.

Das hört sich alles sehr gut an, aber für mich war es nicht einfach. Meistens war ich derjenige, der hinterher von empörten, fassungslosen Gemeindeältesten eins auf den Deckel bekam – als ob ich in der Lage gewesen wäre, ihn zu beeinflussen! Es gab Momente, in denen es mir mächtig stank. Nehmen Sie zum Beispiel die Katastrophe in der Danvers Hall. Er war eingeladen worden, dort an einem Abend zu sprechen, nicht lange vor Weihnachten.

Die Halle war zum Bersten voll, und er war schon aufgestanden, um zu sprechen, als es passierte. Bevor er ein Wort sagen konnte, ertönte hinten im Saal eine dünne Stimme: »Dizzys Freund! Dizzys Freund! Will Dizzys Freund guten Tag sagen!«

Ich kannte diese Stimme. Das war Dizzy – eine Kurzform für Desiree, ausgerechnet –, das kleine geistig behinderte Mädchen, das nicht weit von mir wohnte. Er war ihr schon zu Anfang seines Aufenthaltes auf der Straße begegnet und hatte sie seither ohne Ausnahme einmal in der Woche in der kleinen Sozialwohnung besucht, in der sie mit ihrer Mutter wohnte. Dizzy sah ziemlich merkwürdig aus, und sie war nicht besonders helle, aber sie verehrte ihren wöchentlichen Besucher innig und malte ihm immer, wenn er kam, ein Bild, um es ihm zu schenken. Ich kam nicht immer mit. Diese wöchentliche Belastung, und außerdem hatte Dizzys Aussehen und Verhalten etwas an sich, das mich – nun – unangenehm berührte.

Als ich an jenem Abend ihre Stimme hörte, sank mir das Herz. Jetzt ging das schon wieder los! Warum konnten die Dinge nicht wenigstens einmal nach Plan laufen? Warum in aller Welt hatte Dizzys Mutter ein zurückgebliebenes Kind zu einer Abendveranstaltung für Erwachsene mitgebracht? Sie musste doch gewusst haben, dass es das Mädchen nicht auf seinem Stuhl halten würde, wenn es erst einmal bemerkte, wer da vorne aufstand.

Und genauso geschah es. Nach ihrem Freudenschrei stieg Dizzy von ihrem Stuhl herunter und humpelte zutraulich nach vorne, wobei sie in der Faust ein zerknittertes Blatt Papier umklammerte. Als sie bei ihm ankam, blieb sie wie angewurzelt stehen, die Fersen zusammengepresst und den Rücken steif aufgerichtet wie eine kleine Soldatin, und hielt ihm das Blatt Papier hin. Es war eines ihrer geliebten Bilder. Als ich mich auf meinem Platz am Ende der ersten Reihe vorbeugte, konnte ich ihr Gesicht sehen. Ihre Augen leuchteten vor eifriger Erwartung, und zwischen ihren Lippen ragte vor angestrengter Konzentration ihre Zungenspitze heraus.

Er nahm ihr das Blatt aus der Hand, strich es sorgfältig glatt und studierte das Blatt voller Ernst wie ein Kunstexperte, der das Werk eines alten Meisters vor sich hat. Schließlich legte er das Meisterwerk auf einem kleinen Tisch neben sich ab und wandte sich wieder Dizzy zu, und sein Gesicht verzog sich zu einem fröhlichen Lächeln. Er breitete die Arme aus, um sie aufzufangen, als sie begeistert auf ihn zusprang, und schwang sich empor, sodass ihre Gesichter sich zum obligatorischen Kuss begegneten. Dann lehnte sie ihren Kopf zurück, nahm sein Gesicht in die Hände, blickte voller Zuneigung in seine zerquetschten Züge und sagte: »Dich habe ich am allerliebsten auf der ganzen Welt!«

Er drückte sie an sich und trug sie dann durch den Mittelgang zurück zu ihrer Mutter, deren Gesicht ebenso hell strahlte wie das von Dizzy. Dann jedoch drehte er sich zu meinem Entsetzen zu der versammelten Menge um, winkte ein paar Mal fröhlich und verschwand durch den hinteren Ausgang. Er hatte es wieder einmal geschafft! Die Veranstalter stürzten sich auf mich wie ein Rudel Wölfe.

Würde er zurückkommen? War er krank? War ihm klar, wie sehr sich die Leute auf seine Ansprache gefreut hatten? Für wen hielt er sich eigentlich ...?

Ich antwortete, so gut ich konnte, und entkam schließlich, mehr als nur ein bisschen verschnupft über die Ereignisse des Abends.

»Die Leute hatten erwartet, eine gute Predigt zu hören«, beschwerte ich mich später bei ihm, als ich ihn wiedersah.

»Sie haben eine bessere gesehen«, erwiderte er, und danach war ihm kein Wort mehr darüber zu entlocken.

Inzwischen war es fast Weihnachten, und ein Teil von mir fürchtete sich vor dem, was geschehen würde, wenn ihm aufging, was aus diesem »christlichen« Fest geworden war. Ja – ich weiß, dass er sowieso alles wusste, aber Sie müssen verstehen, dass er sich nicht so verhielt, als ob er alles wüsste. Wenn irgendwelche Dinge oder Menschen ihn zornig oder traurig machten, amüsierten oder ermutigten, dann geschah es auf dieselbe spontane Weise wie bei jedem anderen auch. Wie würde er reagieren, wenn er – Weihnachten erlebte?

Wie es sich traf, war er während der letzten Tage vor Weihnachten so sehr beschäftigt, dass ich schon glaubte, es würde vielleicht doch kein Problem geben. Dann, kurz vor dem Schlafengehen in der Nacht vor Heiligabend, gähnte er, streckte sich und ließ mich wissen, morgen sei der einzige »freie Tag«, der ihm während seines Aufenthaltes zustehe.

»Was wollen wir machen?«, fragte ich nervös. »Schön friedlich zu Hause bleiben? Das wäre doch mal nett.«

»Nein«, sagte er heiter, »bleib du ruhig zu Hause. Ich gehe in die Nationalgalerie, mache einen Spaziergang durch den Hyde Park« – er bekam einen verträumten Blick –, »füttere die Tauben auf dem Trafalgar Square ... na ja, ich mache mir eben einen schönen freien Tag. Gute Nacht.«

Damit war er eingeschlafen. London am Heiligabend? Als ich ihn am nächsten Tag zum Zug brachte, dankte ich meinem Glücksstern, dass er nicht gewollt hatte, dass ich ihn begleitete. Galerien, Hyde Park, Tauben – alles gut und schön, aber ich wollte auf keinen Fall dabei sein, wenn er in den Teufelsmarkt hineinwanderte, in den sich das kommerzielle London um diese Jahreszeit verwandelte.

Ich kam den ganzen Tag über nicht zur Ruhe. Es war eine ziemliche Erleichterung, als ich ihn durch die Tür kommen hörte. Wenigstens war er wieder da. Doch dann sah ich ihn. Tod war in seinen Augen und Schmerz in seinem Körper. Er ging schnurstracks an mir vorbei, blieb, nur als Silhouette sichtbar, vor dem Fenster stehen und starrte hinaus, die Arme ausgestreckt, die Hände zu beiden Seiten in den Rahmen verkrallt, den Kopf auf eine Schulter geneigt, als ob ihm sein Gewicht zu schwer geworden wäre. Er sagte nur fünf Worte, aber ich glaube nicht, dass sie an mich gerichtet waren.

»Was kann ich noch tun?«

Wahrscheinlich steckten mir immer noch Erlebnisse wie das Danvers-Hall-Fiasko in den Knochen. Nur so kann ich mir die unheilvolle Schadenfreude erklären, mit der ich eine oder zwei Minuten später seine Niedergeschlagenheit noch verstärkte.

»Ich hoffe, du hast nicht vergessen, dass du für heute Abend eine Einladung zum Essen angenommen hast. Du hast gerade noch Zeit zum Umziehen. Ich glaube, ich komme nicht mit – ich bin ziemlich müde.«

Rasch drehte ich mich um und verließ das Zimmer, da ich aus Erfahrung wusste, dass es mir nicht gelingen würde, weiter zu schmollen, wenn ich den Ausdruck auf seinem Gesicht sah, sobald er sich umdrehte und mich anschaute. Ich ging nach oben, legte mich aufs Bett und – lauschte. Eine Weile herrschte Stille, dann hörte ich, wie er langsam heraufkam und sich in seinem Schlafzimmer und im Bad zu schaffen machte. Endlich ging er wieder hinunter in die Diele, und die Haustür quietschte, als er sie öffnete. Dann kam eine Pause. Ich wusste instinktiv, dass das meine Pause war – eine Einladung, doch noch mit ihm zu kommen.

Dass ich es nicht tat – dass ich blieb, wo ich war, war ein Gefühl, als würde ich mir selbst ein Messer in den Leib stechen, doch um irgendeiner seltsamen, masochistischen Befriedigung willen knirschte ich mit den Zähnen und hielt durch, bis die Haustür ins Schloss fiel und ich wusste, dass er gegangen war. Diesmal, sagte ich mir, gebe ich nicht nach! Ich bleibe genau hier, bis er einsieht, dass es nicht fair mir gegenüber ist, wie er sich aufführt, und er bereit ist, sich bei mir zu entschuldigen und mich wieder in gute Laune zu bringen. In Gedanken spielte ich versonnen mit der Vorstellung, wie ich mich wider besseres Wissen allmählich bereit fand, mich trösten zu lassen. Ja! So würde ich es machen. Einfach hier in meinem Zimmer warten, bis er Vernunft annahm – selbst wenn es die ganze Nacht und den ganzen nächsten Tag dauern würde.

Es dauerte zehn Minuten, dann geriet ich in Panik. Die kleinkarierte Befreiung meines kleinen Wutausbruchs versickerte, und zurück blieb ein kaltes, grauenhaft leeres Gefühl in meinem Innern.

Was hatte ich getan? Morgen war sein Geburtstag, und mein Geschenk an ihn, ausgerechnet zu einem Zeitpunkt, als er sich verletzt und verwundbar fühlte, war schlechte Laune und kalkulierte Abweisung gewesen. Plötzlich fiel mein Blick auf mein eigenes Gesicht im Spiegel am anderen Ende des Zimmers. Es sah schwach und wild und ganz und gar abstoßend aus. Ein kleines Schluchzen purer Emotion entfuhr mir, als ich mich vom Bett wälzte und nach unten zum Telefon eilte. Ich würde nur schnell nachfragen, ob er immer noch auf diesem Abendessen war, und dann nachkommen. Nun würde doch noch alles gut werden.

Ich wählte. Am anderen Ende hob jemand ab. Wir sprachen miteinander. Es würde nicht alles gut werden. Er war nicht da. Er war gekommen und fünf Minuten lang geblieben; dann hatte er sich entschuldigt und war wieder gegangen.

»Er schien ziemlich außer sich zu sein«, sagte die Stimme. »Ist was passiert?«

Unfähig zu antworten, legte ich den Hörer auf und blieb einen Moment lang ratlos stehen. Wo konnte er hingegangen sein? Gerade er. Wohin würde er am Heiligabend gehen? Mein Blick fiel auf das persönliche Telefonverzeichnis, das auf dem Tisch in der Diele lag. Das war es! Ich würde überall anrufen, wo er möglicherweise hingegangen sein konnte. Und das tat ich. Ich rief Gemeinden, Freunde und Bekannte an und schlug mich grob durch den Wald der guten Weihnachtswünsche, ohne mich lange mit Erklärungen aufzuhalten. Wenn ich nach diesem Abend noch irgendwelche Freunde hatte, musste ich schon Glück haben. Aber ich konnte nicht anders; jede Faser in mir wollte nichts anderes, als ihn zu finden, mich bei ihm zu entschuldigen, ihn wissen zu lassen, dass jemand sich an diesem Abend von allen Abenden nach ihm sehnte, trotz der grellen Lichter, der Grobschlächtigkeit und Derbheit der Dinge, die er in der Stadt gesehen hatte. Es war vergeblich. Niemand hatte ihn gesehen.

Obwohl ich wusste, dass es sinnlos war, zog ich Mantel und Handschuhe über und ging hinaus in die Stadt, um die Straßen abzusuchen. Ich schaute überall nach. Alles, was ich sah und hörte, schien irgendwie mit ihm zu tun zu haben. Weihnachtslieder schallten aus den Supermärkten, die noch geöffnet hatten, aus zwei großen Lautsprechern vor der Pfarrkirche am Rathausplatz dröhnte »Macht hoch die Tür«, und in der Kirche selbst legte eine kleine Schar von Frauen letzte Hand an eine lebensgroße Weihnachtskrippe am hinteren Ende des Gebäudes. Sie war hübsch. Sie hätte ihm gefallen. Aber er war nicht dort.

Jede Kneipe war ein Kasten voller Lärm, der vor Schall und Licht überfloss, wenn ich die Türen öffnete und hoffnungsvoll durch den Dunst aus Zigarrenrauch spähte. Dort konnte er durchaus sein. In den letzten Monaten hatte er Stunden in Kneipen zugebracht und mit den Stammgästen geredet und gelacht. Doch jetzt war er nicht dort; er war nirgendwo, wo ich nach ihm suchte. Durchgänge, Parkplätze, Seitenstraßen, vergessene Winkel an der Hinterseite von Häusern – ich erkundete jeden Ort, der mir in den Sinn kam, aber es war alles Zeitverschwendung. Stundenlang suchte ich vergeblich, bis ich anfing, innerlich zu zerbrechen. Als ich mich müde wieder auf den Heimweg machte, begegnete ich kleinen Grüppchen warm angezogener Leute, die schwungvoll in Richtung Kirche marschierten, voller Vorfreude auf den Zauber der Mitternachtsmesse. Auch sie suchten in dieser besonderen Nacht nach ihm, und vermutlich würden sie ihn lange vor mir finden.

Als ich nach Hause kam, hoffte ich gegen alle Wahrscheinlichkeit, dass er zurückgekommen wäre, während ich draußen war, doch an der Stille, als ich die Haustür aufstieß, merkte ich, dass das Haus leer war. Es war wie ein riesiger, finsterer Sarg, und in meinem Elend schien mir, dass ich genauso gut auf der Stelle sterben könnte, wenn ich ihn für immer verloren hatte. Unfähig, die Tränen noch länger zurückzuhalten, sank ich auf dem Teppich in der Diele auf die Knie und streckte meine Arme aus in die Dunkelheit wie ein Kind, das sich in der Nacht verirrt hat. Tief in meinem Innern stieg ein Teil von mir, der so klein und zerbrechlich und verwundbar war, dass er sich seit vielen Jahren nicht mehr hervorgetraut hatte, mit einer stürmischen, eiligen Dringlichkeit durch meinen Körper und meinen Geist hinauf und drang in einem einzigen, verzweifelten Aufschrei nach draußen: »HILF MIR!«

Plötzlich wusste ich mit absoluter Gewissheit, wo er war; ja, mir war, als hätte ich es die ganze Zeit über gewusst. Minuten später stand ich vor der Tür der kleinen Wohnung. Ich läutete und wartete ungeduldig. Sekunden später öffnete sich die Tür.

»Ist er hier?« Ich hätte beim besten Willen keine artigen Höflichkeiten herausbringen können.

Die Frau deutete auf die Wohnzimmertür. Auf ihrem Gesicht lag eine seltsame Mischung aus Staunen und Freude. »Da drinnen«, flüsterte sie. »Gehen Sie nur hinein, wenn Sie wollen. Sie sind da drin.« Hinter der geschlossenen Tür hörte ich »Alle Jahre wieder« aus einem Kassettenrecorder klimpern. Als ich die Tür aufschob, fing das einzige Licht im Zimmer, eine dicke rote Kerze auf dem Klavier, das das kleine Mädchen so sehr liebte, im Luftzug an zu flackern und ging beinahe aus.

Dizzy saß in einem Sessel am Rand des Zimmers und

sah in dem Halblicht beinahe schön aus. Rings um sie in einem weiten Halbkreis stand ihre gesamte Plüschtier-Sammlung, so platziert, als beobachteten sie die Gestalt, die friedlich zurückgelehnt vor ihrem Sessel auf dem Fußboden saß. Als ich mich still neben das kleine Mädchen auf den Teppich setzte, schien mir, dass sie eine neue Art von Würde an sich hatte, einen besonderen Stolz, der nichts mit Eitelkeit zu tun hatte. Sie saß einfach nur da und streichelte sanft den Kopf, der ganz entspannt auf ihrem Schoß lag, und sagte immer wieder ganz leise: »Weine nicht wegen Weihnachten. Weine nicht wegen Weihnachten.«

– 5 –

Am Samstag um Mitternacht fing ich an zu packen. Aus Gewohnheit ging ich dabei ebenso sorgfältig und genau vor wie bei allem, was ich tat, doch meine Gedanken gingen völlig durcheinander, und ich gab leise Wimmerlaute von mir, während ich Hemden und Pullover zusammenfaltete und Schuhe und Pantoffeln in die üblichen nicht existierenden Lücken stopfte. Gegen ein Uhr verschloss ich mit leicht, aber unkontrollierbar zitternden Händen den letzten Riemen an dem letzten Koffer und stellte ihn in die Diele zu den anderen. Es schien mir entscheidend wichtig, dass sie genau parallel stehen sollten, und ein paar Minuten lang nahm ich an den Koffern winzige Korrekturen vor, bis ich zufrieden war.

Ich strich mir mit der flachen Hand die Haare aus der Stirn und musterte das versammelte Gepäck gespannt in der Hoffnung, es möge noch etwas geben, was zu tun wäre – irgendetwas, wodurch ich den Moment hinausschieben könnte, in dem Schuld und Angst erneut das Vakuum in meinem Geist ausfüllen würden. Doch es gab nichts mehr zu tun, und Schlafen kam nicht in Frage. Ich machte das Licht in der Diele aus und ließ mich neben meinen Koffern auf den Teppich sinken. Niemand konnte mich jetzt erreichen. Das Telefon, dessen Klingeln mich seit Tagen in Panik versetzt hatte, hatte ich bereits abgehängt, und falls jemand an die Tür kam, würde ich einfach nicht öffnen. Bis zur Dämmerung würde ich keinen Muskel mehr rühren, dann würde ich ein Taxi zum Bahnhof nehmen, und das war es.

Ich hatte seit mehr als einer Woche nicht mehr geschlafen, und heute Nacht wusste ich, dass ich es nicht mehr aushalten konnte, ich hielt es einfach nicht mehr aus – die Schuld, die Verzweiflung, die vergeblichen Versuche, mich abzulenken, die unzähligen Tassen Kaffee in den frühen Morgenstunden, und das Schlimmste, die Bilder voller Blamage und Demütigung, die meine Vorstellungskraft gnadenlos nach oben pumpte.

Mir blieben nur zwei Möglichkeiten. Die eine, nämlich dem Problem direkt zu begegnen, war undenkbar – mir fehlte der Mut. Die andere bestand einfach darin, zu gehen, einfach fortzugehen und in der Betriebsamkeit einer anderen Stadt unterzutauchen, wo niemand wusste oder sich dafür interessierte, wer ich war oder was ich getan hatte. Ich brauchte nur ein bisschen Ruhe und Schlaf.

Vor allem wollte ich ihn nicht wiedersehen. Er war der Gründer unserer Kirche, der 1984 zu einem Besuch zurückgekehrt war, und ihm gab ich die Schuld an dem, was jetzt mit mir geschah. Er hätte wissen können – wissen müssen, was passieren würde. Vielleicht scherte er sich nicht darum oder jedenfalls nicht um mich.

Seit seiner Ankunft hatte ich mich abgerackert, um dafür zu sorgen, dass alles auf der praktischen Ebene glatt ging, und insgesamt hatte ich den Eindruck, meine Sache recht gut gemacht zu haben. Ich musste ein paar schwierige Lektionen darüber lernen, Dinge nach seiner Regie zu tun statt nach meiner, aber es war unglaublich aufregend, ihn einfach in Aktion zu beobachten, und seine Anwesenheit in der Nacht, in der meine Mutter starb, hatte einen ganzen Bereich meines Lebens geheilt. In letzter Zeit jedoch war mir etwas bewusst geworden, das mir ständig Sorgen machte.

Andere Leute, die ihm nahe standen, hatten sich verändert. Sie waren natürlich immer noch dieselben Leute, aber sie schienen auf eine tiefe, stille Weise glücklicher zu sein. Sie neigten dazu, weniger zu sagen, und wenn sie sprachen, lag Gewicht und Weisheit in dem, was sie sagten. Sie sahen aus, als ob sie sich geliebt fühlten – von ihm, meine ich. Das Einfachste wäre wohl zu sagen, dass sie ihm immer ähnlicher wurden. Sie machten mich rasend. Ihre Freundlichkeit mir gegenüber ließ mich mit den Zähnen knirschen. Ich gab mir ebenso viel Mühe wie sie, wenn nicht noch mehr. Ich hatte gesehen, wie sie in seiner Nähe herumlungerten, redeten, zuhörten, lachten, flüsterten, oft in Zeiten, wenn es Arbeit zu tun gab. Bei neun von zehn Gelegenheiten war ich derjenige, der erledigte, was zu erledigen war, und nach einer Weile lehnte ich Hilfsangebote ab, wenn sie denn einmal kamen. Ihr stilles Lächeln – ihre provozierende Demut – es war alles zu viel. Dennoch fragte ich mich ... was ist mit mir? Würde ich mich je verändern? Merkte er überhaupt, wie viel ich arbeitete und wie gern ich mehr Zeit mit ihm verbracht hätte, wäre ich nur sicher gewesen, dass er mich wollte? Ich fing an, mich bitter und einsam zu fühlen. Und ich arbeitete noch härter.

Dann klingelte eines Freitagnachmittags das Telefon, als ich zu Hause an meinem Schreibtisch saß. Es war einer der demütigen Lächler, der freundlichste von allen. Es hatte eine Änderung der Pläne gegeben. Unser Gründer hatte beschlossen, mit seinen engsten Begleitern über das Wochenende zu einer Art Freizeit zu fahren. Ich antwortete, ohne nachzudenken.

»Schön«, sagte ich forsch. »Wann fahren wir los?«

»Nun, die Sache ist die – er hat mich gebeten, dir zu sagen, dass du diesmal nicht gebraucht wirst. Ruh dich ein paar Tage aus, du hast hart gearbeitet.«

Eine eisige Ruhe hüllte mich ein. »Schön, schön, gut, das werde ich tun. Danke – viel Spaß.«

Langsam legte ich den Hörer zurück auf die Gabel und blieb fast eine Minute lang reglos sitzen, die Hand immer noch auf dem Telefon. »Nicht gebraucht ...«

Ich genoss fast die Flut rebellischen Zorns, die mich an jenem Freitagabend durchströmte. Durch ihn fühlte ich mich größer, interessanter, selbstbewusster. Ich wanderte durch das Haus, schlug gegen die Wände und brüllte eingebildete Zuhörer an. Nicht gebraucht, was? Denen würde ich es zeigen! Der Zorn stieg mir in den Kopf wie

Wein. In der Vergangenheit hatte ich mir nie gestattet, irgendeine Art von Leidenschaft zu empfinden. Leidenschaft machte mir Angst: Sie war wie eine Bombe, die mich in Stücke reißen würde, wenn ich es zuließ. Nun fühlte ich mich zum ersten Mal befreit und hungrig nach Leidenschaft. Plötzlich reichte mir mein imaginäres Publikum nicht mehr aus. Ich wollte hinaus in die Nacht gehen und mich wie eine wirkliche Person in der wirklichen Welt fühlen. Ich griff nach einem Mantel, sah nach, ob ich Geld hatte, und stürmte zur Tür hinaus. Als ich durch die Dunkelheit schritt, die Hände tief in den Manteltaschen vergraben und den Kragen hochgeschlagen, fühlte ich mich wie eine Figur aus einem Film. Jedes Mal, wenn ein Auto vorbeifuhr, stellte ich mir vor, wie der Fahrer im Scheinwerferkegel einen Blick auf den Fremden mit den zusammengekniffenen Lippen und den funkelnden Augen erhaschte und, während er weiter irgendeiner düsteren Ecke seines mittelmäßigen Daseins entgegenrollte, sich wünschte, er könne zu jener wilden, leidenschaftlichen Welt gehören, die dieser Mann bewohnen musste. Wer war er, und wo ging er hin?

Er ging in die Kneipe, und er würde sich zum ersten Mal in seinem Leben betrinken. Nur drei Bier, aber das waren zweieinhalb mehr, als ich je zuvor getrunken hatte. Mein Heimweg an jenem Abend war nicht leicht. Der Bürgersteig schien zu wogen wie eine schwere See, und ich musste mich stark auf das Problem des Gleichgewichts konzentrieren, als die unaufhörlich heranrollenden Wellen mich zum Kentern zu bringen drohten.

Ich hatte schon meine Haustür erreicht, schwankte leicht und versuchte eine Methode zu finden, um den Schlüssel in Kontakt zum Schloss zu bringen, als mich jemand von hinten über die rechte Schulter ansprach.

»Ist bei Ihnen alles in Ordnung, Mister … äh …?«

Ich drehte mich um, versuchte gerade zu stehen und fasste unter Schwierigkeiten das Gesicht der Frau ins Auge, die mich angesprochen hatte. Sie hatte meinen Namen vergessen, und ich den ihren, aber ich wusste, wer sie war. Sie saß in unserer Kirche meistens in der vierten Reihe, gleich an der Wand, und sie wohnte in einem der Bungalows zwei Straßen entfernt von mir, war ein bißchen älter als ich und unverheiratet, und ich hatte mich manchmal gefragt, wie es wohl wäre, sie zu küssen, wenn auch nur in schwachen Momenten, weil es natürlich falsch war und … warum sollte ich sie eigentlich nicht küssen? Ich lechzte danach, sie zu küssen. Ich hatte noch nie zuvor eine Frau geküsst, aber jetzt würde ich es tun. Oh, wie schön würde das sein … so, so schön …

Sie stieß einen kleinen Schrei aus, als ich ihr meine Hände auf die Schultern legte und mit meinem Gesicht auf sie zustieß wie in einer grotesken Parodie der Küsse, die ich im Kino und im Fernsehen gesehen hatte. Sie schob mein Gesicht mit beiden Händen von sich und rannte entsetzt auf die Straße und in Richtung ihres Hauses davon.

Das unangenehme Gefühl des Katers am nächsten Morgen war nichts im Vergleich zu dem ohnmächtigen Entsetzen, das ich empfand, als mir einfiel, was ich mit dieser armen Frau gemacht hatte. Mancher wird es vermutlich für nicht der Rede wert halten, aber vor dem Hintergrund dessen, was ich zu sein beanspruchte, zu sein schien und um meiner Selbstachtung willen zu sein nötig hatte, war es eine absolute Katastrophe. Betrunken und widerwärtig hatte ich versucht, ein Mitglied unserer Kirchengemeinde sexuell zu belästigen. Ich, einer von seinen engsten Vertrauten; ich, der ich immer so viel über Selbstbeherrschung und Disziplin und Charakterbildung zu sagen hatte. Ich musste wahnsinnig gewesen sein.

Die folgende Woche war ein endloser böser Traum. Ich versandte Mitteilungen, die besagten, dass ich krank sei, und verbrachte meine Zeit damit, durchs Haus zu streifen und hin und wieder aus den vorderen Fenstern zu schauen, in der Erwartung, entweder einen Polizisten oder eine Gruppe ernst dreinblickender Ältester oder die Frau selbst mit einem Trupp schlagkräftiger männlicher Begleiter zu erblicken. Niemand kam – das Telefon ignorierte ich, wenn es klingelte –, und die Spannung nahm zu. Ich aß kaum etwas, schlief kaum und weinte über die Erkenntnis, dass ich nicht einen einzigen Freund hatte, dem ich mich mit meinem Problem anzuvertrauen bereit gewesen wäre. Niemand kam, niemand scherte sich um mich – warum sollte ich bleiben?

Nun, als ich in der dunklen Diele neben meinen Koffern saß und auf den Morgen wartete, fühlte ich mich ein wenig besser. Bald würde ich weg sein, ich würde entkommen, und auch er konnte mich nicht davon abhalten, selbst wenn er wollte.

Ich muss eingenickt sein, denn als ich das nächste Mal aufblickte, begann gerade das erste Licht der Dämmerung die Milchglasscheiben in der Eingangstür zu erhellen. Einen Augenblick später versteifte sich mein Körper vor Spannung. Hinter einer der Scheiben war die Silhouette – Kopf und Schultern – eines Mannes aufgetaucht. So langsam und lautlos ich konnte, stand ich auf, die Augen vor Furcht geweitet, die Fäuste vor Spannung krampfhaft geballt. Als ich mich in der Absicht, den Rückzug in die Küche anzutreten, umdrehte, wurde die Stille von einem wahren Platzregen von Schlägen gegen den hölzernen Teil der Eingangstür zerrissen.

Ich wusste, dass er es war.

Ich legte die Hände über die Ohren und schrie über das Geklopfe hinweg: »Geh weg! Geh weg! Ich will dich nicht sehen ... bitte, geh einfach weg!«

Die Antwort war ein einziger Donnerschlag gegen die Tür, und in diesem Augenblick erinnerte ich mich an etwas.

»Du kannst doch auch herein, ohne dass ich die Tür öffne! Das hast du schon einmal getan – als meine Mutter starb. Warum kommst ...«

Seine Stimme unterbrach mich, gespannt vor Dringlichkeit.

»Diesmal kann ich nicht hinein, wenn du mich nicht einlässt.« Seine Worte schienen das ganze Haus zu erfüllen. »Du musst mich hineinlassen!«

Eine weitere Serie von Schlägen überzeugte mich. Wenn er so dringend hereinkommen wollte, würde nichts, was ich sagte, ihn dazu bringen wegzugehen, und ich konnte den Lärm einfach nicht mehr ertragen. Mit tauben Fingern löste ich die Türkette und zog den Riegel zurück. Als er seine Hand auf eine der Glasscheiben legte, um die Tür aufzuschieben, brach in mir die Panik aus. Ich wollte nicht mit ihm über das reden müssen, was geschehen war. Ich konnte es nicht. Verzweifelt packte ich die aufschwingende Tür und versuchte sie wieder zuzuschieben, um ihn auszusperren. Stattdessen krachte eine der Glasscheiben gegen seine ausgestreckte Hand, und Blut spritzte aus einem Schnitt an seinem Handballen über die Innenseite der Tür. Entsetzt stolperte ich rückwärts auf die Küche zu. Er zog seine verletzte Hand zurück, presste sie dicht gegen seine Brust und schloss die Tür hinter sich.

Mir standen nur zwei Fluchtwege offen – die Treppe hinauf oder durch die Hintertür am anderen Ende der Küche. Ich blickte mich über die Schulter um und bemerkte etwas sehr Seltsames. Die Hintertür stand offen – weit offen. Ich wusste, dass ich sie geschlossen und verriegelt hatte, aber jetzt ... Es war jemand in der Küche; eine dunkle, schwer zu erkennende Gestalt hielt die Tür für mich offen. Aus irgendeinem Grund erschien mir die Aussicht, an dieser Gestalt, wer immer es war, vorbeizugehen, beängstigender als alles andere. Ich drehte mich um, rannte die Treppe hinauf in mein Schlafzimmer und schlug die Tür hinter mir zu.

All mein Kampfgeist war erloschen, all mein Widerstand. Ich lag zusammengerollt auf meinem Bett, das

Gesicht in den Armen vergraben, und war schwach wie ein kleines Kätzchen und verängstigt wie ein kleines Kind, das von Alpträumen gejagt wird. Diesmal ertönten keine donnernden Schläge gegen die Tür; er klopfte nur sanft. Ich hörte, wie sich die Tür ganz leise öffnete und wieder schloss, dann war er im Zimmer, irgendwo neben meinem Bett. Mehrere Minuten lang herrschte Stille. Ich konnte ihn nicht einmal atmen hören. Als ich endlich einen Blick über meine Schulter hinweg riskierte, sah ich etwas, das ich noch nie zuvor gesehen hatte, etwas, das all meine Panik und Spannung wie durch Zauberei verschwinden ließ. Er weinte, nicht laut oder dramatisch, sondern mit der Stille und Konzentration, die auf tiefe Empfindungen schließen ließ. Doch was mir das Herz auf einmal in einem Schock der Freude und Erkenntnis springen ließ, war die Gewissheit, dass er meinetwegen weinte. Jene Tränen, die immer noch aufstiegen und langsam an seinem Gesicht herabrollten, galten mir. Mir!

Ich schwang herum und setzte mich ihm gegenüber auf die Bettkante. Er kniete auf dem Teppich, die verletzte Hand gegen die Brust gepresst, die Augen, aus denen immer noch Tränen liefen, fest auf mein Gesicht gerichtet. Der Chef, der König, der Spitzenmann weinte meinetwegen, und alles würde gut werden – alles würde mehr als gut werden. Er sprach leise, aber sehr deutlich.

»Du hast es nicht verstanden. Ich habe es für dich in Ordnung gebracht. Ich habe alles vor langer Zeit in Ordnung gebracht. Das Betrunkensein – die Frau – die Eifersucht – alles. Dafür haben sie mich angenagelt. Ich habe dafür geblutet.« Er sah seine verletzte Hand an. »Ich blute immer noch für dich.«

Für ein paar Sekunden herrschte Schweigen.

»Ich liebe dich«, sagte er schlicht. »Glaubst du mir das?«

Ich schaute auf den roten Fleck, der sich über seine Hemdbrust ausbreitete, und in seine Augen, rot gerändert, müde, aber voller Wärme.

»Ich glaube es dir.« Die neue Seligkeit, die ich verspürte, sprudelte über zu einer Sehnsucht, etwas – irgendetwas – für ihn zu tun.

»Was soll ich für dich tun? Lass uns losgehen und allen sagen, was passiert ist. Oder soll ich dir einen Arzt holen? Ach nein, entschuldige, du brauchst ja keinen Arzt, nicht wahr, wie wäre es dann mit...?«

Er legte eine Hand auf meinen Arm und lächelte erschöpft.

»Über das alles denken wir später nach. Im Augenblick wäre mir eine Tasse Tee am liebsten, okay?«

Es war okay. Alles war okay.

– 6 –

Noch nie hatte sich mir jemand anvertraut. Was eigentlich nicht überraschend war – ich war nicht die Sorte Mensch, der die Leute ihre Geheimnisse erzählen. In letzter Zeit jedoch hatte sich etwas verändert. Seit jener merkwürdigen Nacht, in der ich endlich begriff, dass ich mit all meinen Ecken und Kanten von unserem Kirchengründer geliebt wurde, war ich wohl irgendwie weniger steif und unnahbar geworden. Darüber war ich froh, aber ich schien jetzt auch nicht mehr Fragen beantworten zu können als früher, und in diesem Augenblick wünschte ich, ich hätte dem jungen Mann, der mir gegenübersaß und sich unglücklich schniefend eine Träne abwischte, ein paar Antworten zu bieten.

Der Name meines Besuchers war Philip. Er war ungefähr zwanzig, ein gut aussehender Bursche, elegant, aber nicht außergewöhnlich gekleidet. Er kam nicht aus unserer Gemeinde. Er gehörte zu einer großen, lebhaften Gemeinschaft am anderen Ende der Stadt, und zuerst verstand ich nicht, warum er nicht zu einem seiner eigenen Gemeindeleiter oder Ältesten gegangen war oder wie immer sie dort genannt wurden. Später begriff ich, warum er es nicht getan hatte.

Er brauchte lange, um zur Sache zu kommen. Er habe mich gesehen, sagte er, wie ich während der letzten Monate mit unserem Gründer unterwegs gewesen sei, und den Eindruck gewonnen, ich – stünde ihm nahe. Ich hätte sozusagen einen »heißen Draht« zu ihm. Nach dieser Einleitung sagte er eine Weile lang nichts mehr, sondern saß nur zusammengesunken auf seinem Stuhl, starrte auf den Teppich und atmete sehr langsam und tief wie einer von diesen Sportlern im Fernsehen, wenn sie sich auf den Hochsprung oder den Sprint oder was auch immer vorbereiten. Nun, ich bin kein allzu einfühlsamer Mensch, platze immer leicht in eine dramatische Pause hinein, wenn Sie wissen, was ich meine, aber selbst ich merkte, dass es keinen Sinn hatte, ihn zu drängen, und so lehnte ich mich zurück und wartete. Endlich hob er den Kopf, sah mir verängstigt, aber entschlossen direkt in die Augen, und brach genau gleichzeitig in Worte und Tränen aus. Ich schnappte die Worte auf, die er unter seinen Schluchzern hervorstieß.

»Ich bin nicht normal, ich bin nicht normal!«

Immer wieder aufs Neue wiederholte er den Satz, schleuderte die Worte aus sich heraus wie jemand, der aus einem sinkenden Schiff springt. Es dauerte einige Minuten, bevor er sich so weit beruhigt hatte, dass er einen Schluck Wasser trinken und mir einigermaßen zusammenhängend erzählen konnte, wovon er redete.

Philips Problem war, dass er sich nur zu Angehörigen

seines eigenen Geschlechts hingezogen fühlte. Er war ein Homosexueller oder »Schwuler«, wie ich solche Leute heutzutage habe nennen hören. Er hatte noch nie jemandem davon erzählt – weder seiner Familie noch seinen Freunden oder den Leuten in seiner Gemeinde, niemandem. Eine Freundin hatte er noch nie gehabt, genauso wenig – füge ich hinzu – wie einen Freund. Ich muss bekennen, dass ich innerlich zusammenzuckte, als er das sagte, und das Zusammenzucken hätte beinahe mein Gesicht erreicht. Ich war der erste Mensch, dem er es je gesagt hatte, und als ich ihm nun gegenübersaß und versuchte, entspannt und unschockiert, weise und verschämt heterosexuell auszusehen, kam mir der Gedanke, dass ich so ungefähr der Letzte war, den man bei klarem Verstand für diese Aufgabe ausgewählt hätte. Ich kannte keinen einzigen anderen Homosexuellen, ich wusste nichts über Homosexualität, und ich kam nicht gerade blendend mit meiner eigenen Sexualität zurecht, geschweige denn der eines anderen. Ich war ein ganzes Stück älter als er und hatte ebenfalls noch nie eine Freundin gehabt. War ich denn nomal?

Überrascht war ich auch über die Stärke des Vorurteils, das in mir geschlummert haben musste. Als ich endlich begriff, was er mir über sich berichtete, schossen mir gewisse Gedanken automatisch in den Kopf. Ich bin nicht stolz darauf, aber es war nun einmal so. Als Erstes verspürte ich einen überwältigenden Drang, hastig irgendetwas davon zu faseln, dass ich nicht so sei wie er. Ich war »normal«. Dann, als ich gerade meinen Stuhl neben seinen schieben und meinen Arm um seine Schultern legen wollte, spürte ich plötzlich einen körperlichen Abscheu und eine Angst vor der Berührung und blieb, wo ich war. Meine dritte und vielleicht stärkste Reaktion war eine innere Entschlossenheit, dem Schmerz und Aufruhr aus dem Weg zu gehen, der die Folge sein musste, wenn ich meinen eigenen sexuellen Problemen so ins Auge sähe, wie er es tat. Wie ich schon sagte, das waren keine heldenhaften Reaktionen, aber sie hielten auch nur eine Sekunde an, und nachdem ich ein wenig nachgedacht hatte, wusste ich, was ich zu Philip sagen sollte.

»Glauben Sie, dass Sie nicht gleichzeitig Christ und homosexuell sein können? Ist es das, was Ihnen am meisten Sorgen macht?«

Philips Blick sank wieder zum Teppich hinab.

»Ich bin in Versammlungen gewesen – in Bibelkreisen und so. Dort wird immer gesagt, es sei eine der schlimmsten … die schlimmste … es steht in diesen Listen in der Bibel. Sie wissen schon, die Listen von Sünden, die einen davon abhalten – nun ja – ein richtiger Christ zu sein.«

Plötzlich blickte er zu mir auf mit der fanatischen Gewissheit eines Menschen, dem seine Überzeugungen mit dem glühenden Eisen der Schuld eingebrannt worden sind.

»Es ist falsch, wissen Sie. Wie die Leute reden … sie klingen so sicher, so hart. Ich könnte es ihnen nie sagen, aber …«

Die Frage – der verzweifelte Appell in seiner Stimme und in seinen Augen zermürbte mich. Ich legte meinen

Kopf zurück und starrte an die Decke, nur um der Intensität seiner Not zu entkommen. Ich hatte nicht die leiseste Idee, keinerlei spezielles Wissen oder Expertenkenntnisse, kein Richtig oder Falsch, kein du sollst oder du sollst nicht, keinen konkreten Trost und keine konkrete Ermahnung. Vielleicht hätte ich besser informiert sein müssen; ich weiß es nicht. Nur über eines war ich mir sicher. Ich konnte Philip am besten helfen, indem ich vollkommen ehrlich zu ihm war. Ich beugte mich vor, stützte die Ellbogen auf die Knie und musterte meine verschränkten Finger, während ich vorsichtig meine Worte wählte.

»Philip, ich würde Ihnen liebend gern sagen können, ich wüsste, was Sie tun sollten, aber das kann ich nicht, weil ich es ehrlich gesagt einfach nicht weiß. Was ich jedoch tun kann, ist, Sie mit ihm zusammenzubringen – wenn Sie das wollen. Bedenken Sie, ich habe nicht die leiseste Ahnung, was er sagen oder tun wird. Ich weiß nur, dass er auf die eine oder andere Weise damit fertig werden wird. Ob es Ihnen gefallen wird, was er sagt ...«

Ein Funke der Hoffnung flackerte in seinen Augen auf.

»Würde er denn mit mir sprechen? Ich meine, würde es etwas ausmachen, dass ich ... bin, wie ich bin?«

Endlich festen Grund unter den Füßen. Ich musste lächeln.

»Es hat ihm nie etwas ausgemacht, dass ich bin, wie ich bin, Philip. Ich meine, Sie sollten es versuchen.«

Ich wartete.

»Also gut«, sagte er, »wann?«

Ich vereinbarte einen Termin für den folgenden Tag. Philip sollte am frühen Abend in unsere Kirche kommen und etwa eine Stunde lang unter vier Augen mit ihm sprechen. An jenem Abend erzählte ich unserem Gründer, wie nervös mein neuer junger Freund wegen des Treffens war. Er reagierte kaum. »Wärst du das nicht?« Das war alles, was er sagte.

Wie ich mir gedacht hatte, traf Philip am nächsten Tag sehr frühzeitig ein. Ich war schon da, als er durch den Haupteingang eintrat. Er war völlig verängstigt. Der arme Kerl zitterte wie Espenlaub. Er setzte sich neben mich in die vorderste Reihe und wischte mit den Handflächen über seine makellos gebügelten Hosen.

»Dann ist er also noch nicht da?«

»Doch, er sitzt hinter dem Kirchensaal und wartet auf Sie. Wir haben da ein kleines Zimmer, das wir für solche Fälle benutzen.«

Ich hätte mich in den Hintern treten können.

»Solche Fälle? Kommen denn viele Schwule zur Behandlung hierher?«

Selbst meine Dummheit hat Grenzen. Ich sagte nicht ganz:

»Nein, Sie sind der Erste.« Fast, aber nicht ganz.

»Es tut mir Leid, Philip. So habe ich es nicht gemeint. Ich meinte nur...«

»Schon gut, schon gut ... es spielt keine Rolle.«

Er stand auf.

»Ich glaube nicht, dass ich das fertig bringe. Wenn er nun sagt ...?«

Er starrte einen Augenblick lang in die Ferne, und dann, so als hätte jemand lautlos seine unvollendete Frage beantwortet, ging er rasch zu der Tür, die in die hinteren Räume der Kirche führte.

»Hier entlang?«

Ich nickte. Er legte die Hand auf die Klinke und wandte sich dann noch einmal zu mir um.

»Übrigens, ich weiß nicht, ob sie es albern finden, aber ... ich habe unterwegs eine Nachricht bei einem unserer Gemeindeältesten hinterlassen – um ihm zu sagen, was ich vorhabe. Es schien mir ... ich weiß nicht ... irgendwie richtig.«

Ich lächelte und nickte wieder. Er öffnete die Tür, trat einen Schritt vor, blieb stehen und drehte sich dann ein weiteres Mal zu mir um.

»Übrigens, tut mir Leid, dass ich eben so wütend geworden bin ... tut mir Leid.«

Ich war inzwischen ziemlich gut im Lächeln und Nicken. Ich muss wie ein liebenswürdiger Schwachkopf auf ihn gewirkt haben, aber wenigstens gab ich ihm keinen Anstoß. Er öffnete den Mund, als wollte er noch etwas sagen, ging dann aber doch und schloss die Tür leise hinter sich. Erleichtert ließ ich mich wieder auf die Kirchenbank fallen und ließ geräuschvoll die Luft aus meinen Lungen strömen. Jetzt war er am richtigen Ort. Ich konnte mich entspannen.

Ich musste eingenickt sein oder zumindest eine Weile

vor mich hingedöst haben. Ein nachdrückliches Räuspern brachte mich wieder zu vollem Bewusstsein. Vor mir stand ein Mann in einem blauen Anzug. Er war sehr breit gebaut und sah sehr distinguiert aus. Seine Stimme klang tief und selbstbewusst.

»Entschuldigen Sie die Störung«, sagte er. »Mein Name ist Martin Sturgess.«

Er lächelte und streckte mir die Hand entgegen, offensichtlich in Erwartung einer sofortigen Reaktion. Wenn ich verständnislos dreinblicke, dann blicke ich äußerst verständnislos drein. Ich kam irgendwie auf die Füße und versuchte, intelligent auszusehen.

»Entschuldigen Sie, ich glaube, wir sind uns noch nicht ...«

»Philip«, unterbrach er mich. »Ich bin einer der Ältesten aus Philips Gemeinde.«

Er hielt mir ein zusammengefaltetes Stück Papier entgegen.

»Er hat mir diese Nachricht hinterlassen. Ich wünschte«, fügte er tadelnd hinzu, »er hätte mich zu Rate gezogen, bevor er sich an – er hat sich doch zuerst an Sie gewandt?«

»An mich – ja, das ist richtig.«

»Und dann natürlich an unseren Gründer, dessen Zeit heute so kostbar ist wie während seines ersten Besuchs. Ich kann mich des Eindrucks nicht erwehren ...«

Mein Kopf tat mir weh. Er tat mir immer weh, wenn ich plötzlich geweckt wurde.

»Wissen Sie, Mr. Sturgess, ich glaube, Philip hatte ein wenig Angst davor, es Ihnen zu sagen.«

Die kräftige, wohlklingende Stimme unterbrach mich erneut.

»Die Heilige Schrift ist in dieser Frage ganz klar. Hätte Philip sich mir anvertraut, so hätte ich ihm deutlich und in allen Einzelheiten die Schritte erklärt, die er zu tun hatte.«

Er hielt inne, sichtlich nachdenklich.

»Dachten Sie, wir würden ihn verdammen? Hat er Ihnen gesagt, dass wir ihn verdammen würden?«

Ich kam mir schwach und töricht vor gegenüber diesem gewichtigen Mann, der mit solcher Autorität und Sicherheit sprach.

»Nun, nein, das hat er nicht gesagt, Mr. ... Sturgess. Ich glaube, er hatte einfach das Gefühl ...«

»Ja?«

»Nun ... sehen Sie – darf ich Sie etwas fragen?«

»Natürlich – was Sie wollen.«

»Ich frage mich nur, warum er sich Ihnen nicht anvertraut hat.«

Jetzt war er an der Reihe, verständnislos dreinzublicken.

»Ich meine, ich frage mich, was ihn davon abgehalten hat, zu Ihnen zu gehen. Warum hat er niemandem in seiner eigenen Gemeinde vertraut? Ich meine ... warum nicht?«

Ich endete ziemlich lahm, da ich mich an die Zeit erinnerte, als ich mich eine Woche lang in meinem Haus versteckt hatte, weil ich unfähig war, mich mit meinem Problem, das mir größer als das Weltall erschien, jemandem anzuvertrauen. Armer Philip. Natürlich brauchte er wie ich tatsächlich jemanden, der ihm – deutlich und in allen Einzelheiten – die Schritte erklärte, die er zu tun hatte, aber ... er brauchte auch noch etwas anderes. Er brauchte das, was ich gefunden hatte. Er brauchte –

»Ist er jetzt bei unserem Gründer?« unterbrach Mr. Sturgess meine Gedanken.

»Ja, im Hinterzimmer. Sie werden vermutlich bald fertig sein. Wollen Sie warten? Sie dürfen gern.«

Er starrte mich einen Moment lang an, dann drehte er sich um und machte ein paar gedankenschwere Schritte auf die Tür zu. Als er ein kleines Stück durch den Mittelgang zurückgelegt hatte, blieb er stehen und schwang wieder zu mir herum. Seine Stimme hallte durch die Kirche.

»Ich bin sicher, wenn Philip in Kürze zurückkommt, wird er die Ernsthaftigkeit seiner Situation erkannt haben und sich im Klaren darüber sein, dass er einer angemessenen Führung bedarf, wenn er in der Gemeinde bleiben will. Ich verdamme ihn nicht. Die Heilige Schrift verdammt ihn nicht. Die Schrift verdammt die Sünde, nicht den Sünder. In der vergangenen Stunde wird Philip aus der allerhöchsten Quelle erfahren haben, dass ein wahrer Christ nicht mehr zu sündigen braucht, und er wird lernen müssen, in dieser Wahrheit zu leben, bis sein Glaube sich durch die Veränderungen, die in ihm vorgehen, bewährt hat.«

Ich weiß nicht, was ich auf diese Rede geantwortet hätte. Vielleicht war es ein Glück, dass Philip sich diesen Augenblick aussuchte, um in die Kirche zurückzukehren. Er erstarrte einen Augenblick, als er Martin Sturgess sah, dann fasste er sich und kam zu uns nach vorn.

»Hallo, Martin.«

Der junge Mann wirkte jetzt völlig entspannt.

»Nun, Philip?« Die Stimme des Ältesten war voller Erwartung.

»Was hat er gesagt?«

Ich muss bekennen, dass ich selbst ganz zappelig vor Neugier war.

»Er sagte, er hoffe, lange genug hier zu bleiben, um am Snookertisch fünfzig Punkte zu machen.«

Er bemerkte unsere verwirrten Gesichter.

»Ich spiele sehr gern Snooker«, erklärte er.

Offensichtlich hielt Sturgess das für eine absichtliche Unverschämtheit. Er trat einen Schritt vor.

»Das meine ich nicht. Du weißt, was ich meine. Was hat er über dein ... Problem gesagt?«

Philips Gesicht wurde ernst. Er wurde ein wenig rot.

»Ach ja ... das. Nun ja, eigentlich haben wir darüber nur ein oder zwei Minuten gesprochen. Er sagte, es sei sehr wichtig, dass wir das in den Griff bekommen. Wir werden nächste Woche noch einmal darüber sprechen ... wir treffen uns nächste Woche wieder«, fügte er ziemlich überflüssigerweise hinzu.

»Ein oder zwei Minuten?« Die Stimme des Hünen

klang ungläubig.»Worüber habt ihr denn dann die ganze Stunde lang geredet?«

Die Erinnerung rief ein zufriedenes Lächeln auf Philips Gesicht.

»Er hat mir Fragen über mich gestellt. Was ich mache, wofür ich mich interessiere – solche Sachen. Er schien es wirklich wissen zu wollen.«

Ein paar Sekunden lang sagte niemand etwas, dann schaute Philip auf seine Uhr.

»Ich fürchte, ich muss jetzt gehen«, sagte er.

Er schüttelte mir die Hand.

»Danke.«

Ich glaube, er meinte es ernst.

»Bis morgen, Martin. Ich komme vorbei. Dann unterhalten wir uns. Okay?«

»Okay«, erwiderte Martin etwas fassungslos, während der junge Mann fröhlich auf die Tür zuschritt.

Er war schon fast draußen, als er noch einmal stehen blieb und uns glücklich etwas zurief.

»Wisst ihr was? Ich glaube, er mag mich! Tschüs.«

Der arme alte Martin sah jetzt nicht mehr ganz so hünenhaft oder selbstbewusst aus. Er ließ sich schwer auf das Ende der nächsten Kirchenbank fallen. Nach einer Pause blickte er zu mir auf, und zum ersten Mal, seit wir uns begegnet waren, schaffte sein Lächeln den Aufstieg bis zu seinen Augen.

»Was ich gesagt habe, war nicht falsch, nicht wahr?«

Er sprach sehr leise.

Ich dachte nach.

»Wahrscheinlich nicht«, stimmte ich zu.

»Aber richtig war es auch nicht, stimmt's?«

»Nein … das war es nicht.«

»Ich verstehe«, sagte er reumütig, und mit großer Freude erkannte ich, dass er es wahrscheinlich wirklich verstand.

– 7 –

Die letzten persönlichen Lebewohls waren gesagt. Heute war der letzte Tag des Besuchs unseres Gründers, und zwanzig oder dreißig von uns, die am engsten mit ihm zu tun gehabt hatten, hatten sich in der Kirche versammelt, um ihn ein letztes Mal sprechen zu hören. Soweit es den Rest der Welt betraf, war er bereits fort; dies war eine Art Abschied von den engsten Familienangehörigen. Inzwischen wusste ich, Gott sei Dank, dass ich zu dieser Familie gehörte, und ich war mehr als froh, still hinten in der Nähe der Tür zu sitzen.

Ich werde Ihnen nicht verraten, was er während unseres letzten richtigen Gesprächs zu mir sagte, doch so viel kann ich Ihnen sagen, dass es mir den größten Teil der Furcht nahm, die ich wegen seines Fortgehens empfunden hatte. Wie ging er? Wohin ging er? Ich wusste es nicht. Er schien mich gar nicht zu hören, als ich ihn danach fragte. Er sagte nur, ich solle die Leute am Abend in der Kirche zusammenkommen lassen und ein Glas Wasser neben einen Stuhl stellen, der nicht zusammenbrechen würde, sobald er sich darauf zurücklehnte (er wusste, dass die meisten unserer Möbel schon bessere Tage gesehen hatten!). All das hatte ich getan, und dort saß er nun und sah mich über die Köpfe der anderen hinweg mit einem Ausdruck gespielter Angst an, als er sich zurücklehnte. Der Stuhl hielt stand, wie ich mit Freude sagen darf, und das Durcheinander der Gespräche verstummte allmählich, bis vollkommene Stille im Raum herrschte. Eine Weile lang sagte er nichts, sondern sah uns nur mit einer seltsamen Mischung aus Freude und Traurigkeit an. Schließlich seufzte er leise, richtete sich auf seinem Stuhl auf und begann zu sprechen.

»Heute muss ich gehen, doch bevor ich aufbreche, möchte ich mit euch eine kleine Weile über Sünde reden. Ein komisches Wort, ›Sünde‹, nicht wahr? Irgendwie altmodisch. Ihr wisst doch alle, was Sünde ist, nicht wahr?«

Er hielt inne. Die Stille, die sich über die Versammlung senkte, ließ darauf schließen, dass wir zu wissen glaubten, was Sünde sei. Er fuhr fort.

»Ich jedenfalls weiß bestimmt, was Sünde ist, nicht zuletzt, weil ich mit ihr kämpfen musste, wie auch manche von euch mit ihr gekämpft haben – oder zumindest es versucht haben. Wisst ihr, während dieses Besuchs haben ein paar Leute zu mir gesagt – und ich weiß ihre Ehrlichkeit zu schätzen –: ›Für dich ist das alles kein Problem, du hast ja nie gesündigt. Du hattest es leicht. Du bist der Sohn des Chefs.‹ Ich nehme an, sie hatten dabei so eine Art göttliche Vetternwirtschaft im Sinn. Nun, die Leute, die das sagen, haben in gewisser Hinsicht nicht ganz unrecht. Es ist wahr, dass ich meinen Vater so sehr liebe, dass es die reine Qual für mich wäre, ihn zu verletzen, aber – ich möchte, dass euch etwas klar ist, und ich möchte, dass ihr es anderen erklärt, damit sie es auch begreifen. Sagt es ihnen, wenn ihr den Eindruck habt, dass der Zeitpunkt richtig dafür ist.«

Schweigend warteten wir, während er uns mit Augen voller Erinnerung ansah.

»Seht ihr, ich hatte die Fähigkeit, die Möglichkeit und die Macht, mehr zu tun, mehr zu haben, mich selbst mehr zu verwöhnen als irgendjemand sonst, der je gelebt hat oder je leben wird. Eine eurer neuen Bibelübersetzungen sagt, nachdem ich von meinem lieben Vetter, Johannes dem Täufer, getauft worden sei, hätte ich einen unbegrenzten Geist besessen. Richtig! Einen unbegrenzten Geist – unbegrenzte Macht. Ich kann euch sagen, ich lief geradezu über davon! Ich zog ab in die Wüste wie ein Teenager, der auf einem riesigen Motorrad, das er noch nicht beherrschen kann, davonhüpft. Da draußen in der Wildnis musste ich lernen, mit all dieser Macht umzugehen, die mich durchströmte, und dort draußen, wo es nichts gab, war es, dass mir die Tatsache bewusst wurde, dass ich alles haben konnte: Frauen, Geld, Besitz – alles. Ich brauchte es mir nur zu nehmen, und glaubt bitte ja keinem, der behauptet, ich wäre nicht in Versuchung gewesen, denn das war ich. Ich habe jede menschliche Begierde verspürt, genau wie ihr, und ich habe das alles durchkämpft, allein dort draußen in der Wüste. Das war ein Teil der Abmachung, wisst ihr, ein Teil des ganzen Plans, dass ich all dem ausgesetzt sein sollte, dem auch ihr ausgesetzt seid, dass ich all dem begegnen und es als das erkennen sollte, was es war, und mich davon abwenden sollte, wenn es falsch war. Nicht nur manchmal, nicht einmal nur meistens, sondern in jeder einzelnen Situation meines Lebens.«

Sein hartes Gesicht entspannte sich zu einem Lächeln, als ihm ein Gedanke kam.

»Ich werde euch etwas erzählen, das mich zum Lachen bringt. Diese Bilder – ihr habt sie sicher gesehen –, die mich darstellen, wie ich während der vierzig Tage und vierzig Nächte versucht werde. Ich bin der große, gelassen aussehende Typ mit dem superweißen Gewand, der die Versuchung mit einer einzigen majestätischen Handbewegung von sich scheucht. Offensichtlich habt ihr das Bild auch gesehen.«

Er fiel in das allgemeine Gelächter ein und fuhr nach einem Schluck Wasser aus dem Glas neben ihm leise und ernsthaft fort.

»Bitte glaubt nicht, dass es so gewesen wäre. Ich wurde bei Tag geröstet und bei Nacht eingefroren. Ich hatte Hunger, oft auch Durst, und war immer einsam. Die meiste Zeit kroch ich in einer Art fiebrigen Betäubung im Wüstensand herum, und die ganze Zeit über wusste ich, dass ich dieses unglaubliche Machtpaket in mir hatte, das mir alles verschaffen würde, was ich brauchte oder wollte. Wärme, Nahrung, Gesellschaft von jeglicher Art, die ich mir aussuchte – all das stand mir zur Verfügung, wann immer ich es wollte, auf der Stelle. Ich sage euch die

Wahrheit, an diesem Ort wusste ich, was die eine Art von Ewigkeit bedeutet. Es schien immer und immer und immer weiterzugehen, aber ich gab nicht nach. Soll ich euch sagen, warum ich nicht nachgab? Soll ich euch sagen, was mich während jener endlosen Tage und Nächte stark gemacht hat? Es war Liebe. Nur das. Liebe.

Ich liebte meinen Vater mehr als alles andere in der Welt. Ich liebte ihn von ganzem Herzen, von ganzer Seele und von ganzem Gemüt, und ich liebte euch, meine Mitmenschen – schon damals –, wie ich mich selbst liebte. Seht ihr, mein Vater hatte mir gesagt: ›Sohn, tu es!‹ – und so tat ich es, weil ich ihm vertraute und weil ich gehorsam sein wollte. Dennoch dauerte es lange Zeit, diese Schlacht vollends zu gewinnen, doch am Ende schaffte ich es. Ich brach durch zu einem Punkt, an dem ich völlig eins war mit Gott, nur noch wollte, was er wollte, alles so sah, wie er es sah, und bereit war, alles zu tun, was er von mir wollte. Sofort – und das ist typisch für die Vorgehensweise des ›Hauptquartiers‹ – kamen die Engel mit einem Paket Sandwiches und frischer Unterwäsche an. Übrigens, achtet auf diese Engel, sie tragen manchmal komische Verkleidungen. Neulich habe ich einen mit einer Flasche Fusel am Victoria-Bahnhof gesehen, wie er seine schmutzigen, zerlumpten alten Flügel zusammenfaltete und nach einer Ecke suchte, in der er die Nacht verbringen könnte.«

Er schwieg einen Moment und sah uns an, als ob wir an dieser Stelle etwas sagen sollten, doch niemand tat es. Später las ich zu Hause den Schluss des fünfundzwanzigsten Kapitels des Matthäusevangeliums und begann es zum ersten Mal zu verstehen.

Er lächelte schief.

»Seht ihr, ich weiß so manches über die Sünde. Ich erinnere mich, wie ich einmal bei meinem ersten Besuch mit meinen zwölf Jungs zusammensaß und mit ihnen über das Gesetz redete – das Gesetz des Mose meine ich. Ich glaube, der eine oder andere von ihnen hoffte, meine Botschaft würde lauten: ›Alles ist erlaubt, Leute.‹ So eine Art wilde Party quer durchs ganze Universum, angeführt von einem liebenswerten alten Opa im Himmel, der sich nicht groß darum scherte, was die Leute so aushecken. Ihr hättet ihre Gesichter sehen sollen, als ich ihnen die Hausregeln in allen Einzelheiten auseinander klamüserte. ›Von nun an‹, sagte ich, ›dürft ihr nicht nur nicht töten, ihr dürft nicht einmal töten wollen – nicht einmal den Zorn empfinden, der töten will. Von nun an sind Ehebruch und die Begierde, die zu ihm führt, gleich schwere Sünden. Von nun an …‹, und so weiter und so weiter. Sie hörten das nicht gern, das kann ich euch sagen. ›Vom Regen in die Traufe‹, so sagt man, glaube ich. Am Schluss nimmt mich der gute alte Petrus zur Seite und sagt: ›Ich fürchte, ich kann da nicht mithalten, ich bin nicht gut genug. Will Gott wirklich, dass wir so gut sind?‹

›Ja‹, sagte ich, ›das will er.‹

Langes Schweigen.

›Nun, dann werde ich es nicht schaffen, oder?‹

›Nein‹, sagte ich, ›das wirst du nicht.‹ Der arme Petrus

sah daraufhin so niedergeschlagen aus, dass ich fortfuhr, ihm etwas zu erklären, und dasselbe möchte ich jetzt auch euch erklären.

Erstens, das Wichtigste ist, dass ihr tut, was Gott euch sagt. Ich hatte Petrus gesagt, dass er mir folgen solle, und das tat er auch. Ich hatte nicht zu ihm gesagt: ›Sieh zu, dass du vollkommen wirst, und dann folge mir.‹ Sondern nur: ›Folge mir.‹ Als Nächstes ging es um die Unmöglichkeit, jemals gut genug für Gott zu sein. Es war sehr wichtig für Petrus, zu wissen, dass Gott nichts weniger als Vollkommenheit verlangt. Sodann wollte ich, dass er begriff, was mein Tod für ihn bedeutete, wie sehr ich ihn liebte, wie weit ich zu gehen bereit war, um die Lücke zu schließen zwischen dem, was er war, und dem, was er sein musste, wenn er jemals dem Vater von Angesicht zu Angesicht begegnen sollte. Ich möchte, dass ihr alle das ebenfalls begreift.

Lasst mich versuchen, es noch deutlicher zu machen. Nehmen wir an, du und ich, wir kennen uns seit Jahren. Du besuchst mich oft bei mir zu Hause; ich habe dir sogar einen Schlüssel gegeben, damit du kommen und gehen kannst, wie es dir gefällt. Nun nehmen wir an, dass du im Laufe der Jahre regelmäßig Sachen aus meinem Haus gestohlen hast, mal große, mal kleine, mal so belanglose, dass es kaum der Rede wert erscheint. Ich bin noch nie in deinem Haus gewesen – du hast mich noch nie eingeladen –, aber eines Tages sitzt du zu Hause, und es klopft an die Tür. Ich bin es, und ich bin gekommen, um dich zur Rede zu stellen. Kaum bin ich drinnen, fange ich an, all die Dinge einzusammeln, die mir gehören, und sie in der Mitte des Zimmers aufzustapeln, direkt vor deinen Füßen. Ich gehe überall durchs Haus, öffne die Schränke, durchwühle die Schubladen, suche unter den Betten, und bald ist jedes kleinste Ding, das du mir je geklaut hast, zwischen uns aufgestapelt. Zu guter Letzt strecke ich noch die Hand aus und ziehe den Kuli aus deiner Brusttasche, und füge ihn dem Haufen hinzu, ungeachtet deiner Proteste, dass er geliehen war und eigentlich nicht zählt. Da stehen wir also vor diesem Berg aus gestohlenen Gütern, und du machst dir inzwischen große Sorgen. Was werde ich tun? Die Polizei holen? Oder dich schlagen?

›Hast du mir all diese Sachen gestohlen?‹

Leugnen hat keinen Sinn. ›Ja‹, murmelst du. ›Es tut mir Leid. Was wirst du jetzt tun?‹

›Dir vergeben. Ich wollte nur, dass du weißt, dass ich es wusste.

Jetzt können wir von vorn anfangen.‹«

Er blickte prüfend in die Gesichter im Raum und sprach dann ganz leise weiter.

»Und ich weiß auch über jeden von euch Bescheid. Ich weiß, was ihr getan habt, was ihr wollt, was euch weh tut, wovor ihr Angst habt. Ich weiß, was ihr braucht. Ich kenne euch, weil ich euch auf eine Art und Weise, die unmöglich zu erklären ist, gesehen habe – ja, beinahe jeder Einzelne von euch geworden bin während der drei Stunden, die ich vor all den Jahren auf jenem Hügel sterbend zubrachte. Ihr seid in mir geschehen. Ihr seid in meinem Leib bestraft worden. Die Zeit, die ich an jenem Kreuz verbrachte, war ein Alptraum aus geronnener Finsternis und Verzweiflung, ein Alptraum voller Selbstsucht, Hass, Mord, Vergewaltigung und unbeschreiblichem Schmutz, voller Apathie, Dummheit und all eurer banalen Unfreundlichkeiten, die im jeweiligen Augenblick nie eine Rolle zu spielen scheinen. In jenen drei Stunden erfuhr ich, wie es ist, ein Süchtiger und ein Rauschgifthändler zu sein, ein Folterer und ein Opfer, wie es sich anfühlt, zu vernichten und zu verletzen und kaputtzumachen und sich an der Qual anderer zu weiden. Ich wusste es, ich sah es, ich fühlte es – und mitten in all dem verlor ich den, für den ich das alles tat. Er konnte es nicht ertragen, mich anzusehen, und ich war allein, ganz allein.«

Jemand weinte leise im Hintergrund, als er aufstand und einen Schritt auf uns zutrat.

»Es gibt noch eine Menge, was ich euch gerne sagen würde, aber ich werde es jetzt nicht tun. Nur noch zwei Dinge. Darf ich euch bitten, etwas für mich zu tun? Bitte lest das Buch. Beschafft euch eine Version, die euch gefällt, eine, die ihr verstehen könnt, und ich verspreche euch von ganzem Herzen, dass ich euch, wenn ihr es lest, dort begegnen werde und wir wieder miteinander reden werden. Das andere ist die wichtigste Botschaft, die ich für euch habe. Achtet aufeinander. Vergebt einander. Liebt einander. Verletzt mich nicht. Gott segne euch alle und behüte euch, bis ich wieder zu euch kommen kann.«

Danach ging er rasch hinaus. Als er an mir vorbeikam,

hielt er inne, lächelte leicht und sagte leise: »Du hast dich verändert.«

»Ja.« Das war alles, was ich sagen konnte. Dann verschwand er durch die Tür in der Dunkelheit, und der Besuch war zu Ende.